숨 멎은 공간

그래서 **건축 비평가로** 산 — 다

숨 멎은 공간

이종건

yeon/doo

차례

이 책은 필자가 난생처음 '요청에 따라 쓴' 글들의 묶음이다. 출판 기획자의 요청은 간단했다. 비평가이자 건축가로 적지 않은 시간을 보냈으니 자신이 사랑하는 공간에 대해 각주 없이 써 달라는 것. 그러니까 남의 말들 없이 오직 자신이 품고 있는 공간의 형상만 그려달라는 것이다.

각주 없이 쓰는 글은 의외로 어려웠다. 참고해야 할 책들이 없으니 홀가분히 쉽게 쓸 것이라 생각했는데 그렇지 않았다. 무엇보다도 남의 글들을 끌어와 쓰는 습관이 언제부턴가 단단히 굳었기 때문이다. 게다가 건축가 인생을 살아오며 뇌리에서 지워지지 않을 만큼 강렬했던 공간도 몇 없었지만, 막상 그것을 그려내는 일도 그리 쉽지 않았다.

그런데 글은 언제나 그렇듯 참 희한하다. 내게 글쓰기는 늘 그랬다. 아는 것을 써나가는 것이 아니라 쓰면서 찾아 나가는 식이다. 마치 몸속 깊이 숨겨진 우물에 글이라는 두레박을 내려 조금씩 길어 올리는 식이다. 이번에도 시간과 공간의 차원에서 가장 가까운 것부터 썼더니 어김없이 그것이 그 다음을 불렀다. 이렇게 이번 또한 글이 내어가는 길을 따랐다. 그리고 특히 이번이 더 그러한데 그렇게 쓰고 나니 내가 모르는 나를 글을 통해 흘깃 보게 돼 책으로 내는 것이 조금 부끄럽다. 옷을 벗은 혹은 속이 들킨 기분이 슬며시 들어서다.

나는 이 책에서 내 온몸과 온 정신을 홀렸던 공간을 더듬어가며 그려내려 애썼다. 그런데 본디 추상의 영역인 '공간', 그리고 주관의 영역인 '감'은 객관의 매체인 글로 온전히 붙잡거나 드러낼 수 없다. 공간(감)은 그 공간에 직접 데려가 거기서 내 느낌을 전달하는 것이 그나마 최선이다. 현장과 분리된 말로는 도무지 불가능하다. 나는 이 불가능한 일을 가능한 것으로 만들기 위해, 그러니까 그것에 근사近似한 것으로 만들어내기 위해, 내가 직각直覺하고 감통해 인식하고 느꼈던 공간들을 상상으로 지어가며 썼다. 다행히, 그리고 이 또한 처음으로, 이 글을 쓰는 동안 나는 내가 살 집의 공간을 설계하고 있었다. 글쓰기와 공간 지어내기를 병행할 수 있었던 것은 천운天運이요, 천혜天惠다. 난제를 풀기 위해 취한 방도가 하나 더 있다. 살아 있는 감각을 좀 더 잘 드러내기 위해, 글쓰기를 이전과 달리 운문 혹은 시의 형식을 빌려 산문과 섞었다. 그러다 보니 이것도 저것도 아니어서 어정쩡한 꼴이 되었지만, 그래도 글쓰기가 조금 더 수월했다.

내가 가졌던 당시의 감흥이나 생각을 얼마나 전달했을까? 독자가 몇 문장이나마 공명할 수 있을까? 말에 의한 소통은 어렵다. 글은 말보다는 그나마 좀 덜 어렵지 않을까 싶다. 돌아오는 글이 거의 없어 다만 그리 짐작할 뿐이다. 그런데 우리는 글로든 말로든 과연 소통할 수 있을까?

숨 멎은 공간

안산 자락길 메타세쿼이아 군락지

거기는
매일 머물러도 경이롭다.
느슨해진 정신이 긴장되고
늘어진 몸이 곧추선다.
일상에 묻혀 잠든 영혼이 깨어난다.

중력에 딱 필요한 만큼 저항하기도 게으른 나를
한껏 잡아당겨
아득한 하늘로 끌어올리는 곳.
거기서 나는
오롯이 수직성이다.

메타세쿼이아 군락이 이루는
순수 공간.
이카로스의 시간.

비릴리오[Paul Virilio]가 말했듯, 그리고 많은 작가가 지금도 별생각 없이 반복하듯 도시는 수직이며 농촌은 수평이다. 대체로 맞는 말이다. '대체로' 고층 빌딩이 즐비한 도시는 단연코 수직이므로. 심지어 해변마저 마천루 아파트와 오피스텔이 떡하니 서 있는 우악한 부산은 더 그러므로.

그런데 도시에 사는 사람들은 정작 수평에 붙박여 수직을 잊고 산다. "사람들은 위를 올려다보는 걸 잊고 살았어. 수평적으로만 살지. 우리 관계 속에서 말이야." 헝가리의 영화감독 문드럭초Kornél Mundruczó가 〈주피터스 문Jupiter's Moon, 2017〉의 인물을 통해 우리에게 지나가듯 읊조린다. 우리는 그의 말처럼 인간 그물에 얽혀 좀처럼 하늘을 보지 않는다. 각종 인간사로 분주해 우리를 넘어서는 것을 잊고 산다. 혹은 도외시한다. 그러한 것은 구시대 유물이라며 비판하거나 애써 외면하며 산다. 아일랜드 시인 와일드Oscar Wilde가 말했듯 우리는 모두 시궁창에 있다. 별을 혹은 하늘을 보는 사람은 몇 없다.

겨울밤 안산 나무들은
부동의 그림자다.
불타고 남은 듯
몸체 빠져나간 빈 공간 메운 어둠처럼
검은 형체들은

부피가 없다.
검은 나무들은
때로는 밤안개를,
때로는 밀물처럼 밀려오는 도시의 야광을
껴안아 머금는다.

현대성은 수평이다. 콕스^{Harvey Cox}는 자신의 명저 『세속 도시』에서 세속화를 도시화의 동의어로 다룬다. 익명성과 기동성에 기초 내린 도시는 신이 없는 '수평' 세계다. 수직으로 질서 잡힌 세계를 전복하는 민주주의는 수평이다. 평등한 인민이 주인이다.

그런데도 갑과 을로 삼엄하게 구조화된 우리 현실은 게다가 희한하게도 세상에서 유일하게 나이가 같아야 친구가 되는 한국 사회는 지독히 수직적이다. 서울에는 아파트로 계급화해 자신보다 낮은 계급을 경멸하고 배재하는 자들이 숱하다. 평등 사회는 인류사에 단 한 번도 존재한 적 없는 플라톤의 이데아다. 계급 갈등이 깊어가는 현대 세계에 귀신처럼 출몰한다.

도시는 수직인가? 중력에 저항'해야' 하는 건물은 모두 수직이다. 생명으로 혹은 생명을 위해 존재하는 것은 모든 것은 반反중력이다. 그런데 모든 건물이 수직이라는 말은, 우리는 어떤 건물도 수직성을 인식하지 않는다는 뜻이기도 하다. 모든 몸짓이 춤이라는 말은 아무 몸짓도 춤이 아니라는 말처럼 우리의 인식은 차이에 근거하므로. 강도나 밀도가 더하거나 덜하지 않은 것은 인식의 대상이 되지 않는다.

부르디외 Pierre Bourdieu가 주장했듯 우리는 구별하고 구별되기 위해 애쓴다. 돈이 많은 자들은 과시 소비로 그리고, 권력을 가진 자들은 정당성과 별도로 권력 그 자체를 행사함으로써 그리고, 돈은 적으나 많이 배운 자들은 문화적 취향을 통해 그린다. 사람들은 입으로는 평등을 말하면서도 실상 마음으로는 구별 지어 더 나은 계급으로 인정받기 원한다. 차별을 원한다. 사회적 얼굴(자아)과 진정한 얼굴(자아)은 그렇게 다르다. 우리 모두 가면 쓴 존재다.

우리는 도시든 시골이든 수직성을 거의 느끼지도 인식하지도 않는다. 수직성이 그렇다면 그에 따라 수평성도 그렇다. 수직성과 수평성은 어느 한쪽 없이 성립할 수 없으니 말이다. 우리가 사는 일상 세계는 수직성도 수평성도 없는 덩어리들의 세계다. 수직성이나 수평성을 느끼는 것은 이례적 사건이다.

메타세쿼이아는 비탈에서도
수직밖에 모른다.

오롯이 중력에 맞서느라
자신의 살을 수직으로 찢는다.
주변 것들에 아랑곳없이
온 에너지를 수직성에 끌어모아
단 하나의 길로 하늘에 가닿는다.
그로써 10층 건물 높이로 솟는 가늘고 긴 나무.
무리를 이뤄
숨 멎게 한다.

자신의 단 하나의 과업에 몰두하는
존재의 집합은
인간 세상에 찾기 드문
탈속의 광경이다.

메타세쿼이아들은 키나 군집 때문이기도 하지만, 온 존재
가 매달리는 수직성의 외곬, 단 하나의 열정 덕에 더 경이롭
다. 벌린Isaiah Berlin은 톨스토이에 관한 자신의 논문을 그리스
시인 아르킬로코스의 말을 빌려 이렇게 시작한다. "여우는
많은 것을 알지만, 고슴도치는 큰 것 단 하나를 안다."

고슴도치가 한 우물만 판다면 여우는 여러 우물을 판다. 고
슴도치가 우직한 외곬 인생이라면, 여우는 어떤 환경에도
잘 적응하는 변신의 귀재다. 고슴도치는 모든 것을 단 하나

의 핵심 관점으로 파악하고 생각하고 느끼지만, 여우는 어떤 도덕적 혹은 미학적 원리에 따라 대하기보다 종종 관계성 없을 뿐 아니라 심지어 모순되는 복수의 목적들을 쫓는다. 고슴도치가 구심적이라면, 여우는 원심적이다. 이른바 포스트모더니즘이라 불리는 생각과 감성의 경향은 여우 쪽이다. 이념이나 진리나 이성이나 도덕이나 양심이라는 개념의 압박에서 벗어나 모순과 복합성을 주창한다.

현실 세계도 마찬가지다. 하나의 가치로 방향 잡힌 삶은 앞뒤 막힌 인간이 쫓는 우직한 길로 처분된다. 흑백보다는 회색, 하나보다는 여럿, 일관성을 넘어 모순과 혼종을 수용하는 것이 생존과 번성에 유용하다. 우리 사회의 거의 모든 이른바 교육 전문가들은 이렇게 조언한다. '앞으로 다가올 인공지능 시대는 하나의 깊은 지식이 별 소용없거나 단기간만 유용할 뿐이다. 따라서 복합적 상황에 대처할 보편적 역량을 키워야 한다.' 한 우물만 파면 안 된다며 한목소리로 경고한다. 그런데도 세상은 희한하게 그것과 달리 단 하나의 신념에 온 정신을 내맡기기 사람(근본주의자)들로 갈등이 늘어간다. 문빠, 수꼴, 친박, 조국수호당….

고슴도치는 정녕 구시대 인물인가? 지식도 그렇지만, 특히 인간사는 한쪽이 절대적으로 옳다거나 좋은 경우는 (거의) 없다. 인간이, 민족이, 문화가, 역사가 다르듯 무엇보다도 개인의 영혼(감성과 지성의 속성과 크기)이 다르듯 하나의 질서로 위계를 정하는 것은 단순히 불가능하다. 무모하다. 진리든 도덕이든 다원주의를 주창하는 거의 모든 지식인이 정확히 그 이유로 일원론(절대주의)을 다원주의의 하나로 포함하지 않는 것은 희한한 모순이다.

삶의 형식 혹은 스타일은 크게 나눠 여우(종속적)이거나 고슴도치(독립적)다. 거의 모든 사람이 대개 그 둘을 왕복하거나 그 사이 어디쯤 서성이며 살아가지만, 개념적으로 우리는 둘 중 하나다. 이미 지어진 집에 맞춰 살거나 자신이 원하는 대로 지어 살거나. 주어진 상황, 곧 미래를 예측하거나 현재를 읽어내어 거기에 맞춰 살거나, 자신의 가치관에 따라 최대한 자신의 방식대로 살아나가거나. 고슴도치는 후자의 삶의 방식이다. 아르킬로코스의 시구詩句는 다음의 (그리스) 우화로 발전했다.

약삭빠른 여우는 사냥개들을 따돌리는 수많은 방법을 알고 있다고 외곬 고슴도치에게 뽐냈다. 사냥개들이 접근하자 어떤 술책을 써야 할지 어정거리다가 잡혀버렸다. 고슴도치는 곧바로 자신의 굴로 피신했다.

이 그리스 우화가 주는 교과서적 교훈은 아마 이러할 테다. 고슴도치와 여우 사이의 중간 존재이거나 둘을 모두 지닌 존재로 살기. 혹은 천성이 여우인 사람은 고슴도치의 기질을, 천성이 고슴도치인 사람은 여우의 기질을 좀 더 강화하기. 그런데 결국 여우는 여우로, 고슴도치는 고슴도치로 사는 것이 자신의 영혼에 부응하는 삶이 아닐까? 현실적으로는 손실이 크더라도 그리하는 것이 내면의 만족감이 가장 크지 않을까.

수직성의 존재 메타세쿼이아.
땅 깊이 뿌리 내려
하늘 높이 솟구친다.

인간은 하늘과 땅 사이 존재.
발은 땅(현실)에 굳건히,
머리는 자유롭게 하늘(이상)을.

인간은 상상의 존재.
땅과 분리된
텅 빈 상(공상)이 아니라
뿌리내린 나무 위 마음으로 본다.

* 想＝木^{나무}＋目^{눈}＋心^{마음}

집 곧,

우리의 내밀한 존재의 지형인 집은,
기억을 저장하고 영혼이 거주하는
어둠(무의식)과 빛(초자아)이 있는
지하와 다락을 갖는다.

뿌리도 하늘도 없는 빌딩과 아파트는
컨테이너다.

우리는 컨테이너 거주자다. 컨테이너를 떠돌다 가는 노숙자
다. 지금 여기 우리의 집은 돈 늘리는 방편이며, 현실 논리에
착종된 계산 공간이며, 계급 자리를 가리키는 사회적 지표
다. 우리의 집은 이제 친구도 초대하지 않고, 밥도 해 먹지
않는 단순한 용기容器다. 탄생과 관혼상제가 제거된, 다만 자
아로 팽창되거나 쭈그러든 텅 빈 공간이다. 친밀성 없는 집
은 형식(크기와 위치)이 가치다.

메타세쿼이아는
자신에게 충실하다.
주변과 경쟁하지 않는다.
뿌리를
낮은 곳, 높은 곳, 어디 내리든
모두 하늘 어디쯤
엇비슷한 높이다.

신적인 인간이란 오직 자신에게 충실한 자, 오직 자신과 대결하는 자다. 자신에게 몰입해 자신의 노래를 부르며, 자신의 언어를 말한다. 그러므로 그는 시류에 영합하기는커녕 그 누구의 인정도 구하지 않는다. 삶의 기쁨과 슬픔, 행복과 불행을 타자에 기대지 않는다. 자신의 길을 갈 뿐이며, 자신의 내재성을 활성화할 뿐이며 그리함으로써 자신의 운명을 온전히 살아갈 뿐이다.

비릴리오와 파랭^{Claude Parent}은 수직과 수평의 종말을 역사적 사실로 받아들여 기울인 면을 건축의 '제3의 공간'적 가능성으로 삼았다. '비스듬한 기능'을 새로운 도시 질서로 제시했다. 거기서는 중력에 대한 관계가 변하면서 시야는 안정되지만, 불안정한 시각이 창조되기 때문이다. 기울어진 면은 오직 찰나(현재)만 머문다. 현자^{賢者}들 또한 오직 현재에 머문다. 그들의 현재는 욜로^{yolo}와 달리 과거와 미래가 응축된다. 주목과 기억과 상상이 하나로 수렴된다.

몬드리안은 수직과 수평만 고집했다. 그리하여 사선을 제안한 '데 스틸' 운동의 리더 반 두스부르흐^{Theo van Doesburg}와 갈등하다 헤어진 후 한마디를 나누지 않았다. 몬드리안이 직관하기에 자연과 우주는 긍정과 부정, 정^靜과 동^動, 남성성과 여성성 등 두 대립적 힘을 나타내는 수직과 수평으로 형성되어 있다. 움직임(을 야기하는 것)은 균형을 깨트려 행복

을 잃는다. 행복은 무無시간성에 존재하므로. 건축은 시간성
이 삭제될 때, 그러니까 오직 공간일 때 우리를 더 높은 차
원의 의식으로 인도한다.

칸딘스키는 몬드리안과 달리 사선(적인 것)을 핵심으로 삼
았다. 그에게 사선은 차가운 토대인 수평과 뜨거운 움직임
의 가능성인 직선의 진정한 혼융이기 때문이다. 차가움과
뜨거움이 통일된 사선은, 수평과 수직의 두 색조(음조)가 지
닌, 점진적이면서도 무한한 파토스를 생산한다.

겨울이 오고 봄이 온다.
바람이 불고 비가 온다.
헤라클레이토스여,
변한다는 것만 변하지 않는다고 했던가.
변하지 않는 것도 변하지 않는다.

죽음은 수평이다.

인간과 달리
새는 서서 죽고
바람은 누워 분다.

인간이 직각을 공작하자마자

사선(무리수)이 어둠에서 달려 나와
그것을 떠받쳤다.
직각 삼각형의 빗변 길이는 무리수 루트 2.
무한은 신이다.

샌하신토^{San Jacinto, Palm Springs} 꼭대기

칸딘스키가 사선을 창작의 핵심에 놓은 것은 순전히 그것이 자아내는 파토스 때문이다. 보이는 것 자체가 아니라 보이는 것이 감정을 불러일으키는 보이지 않는 힘, 곧 영혼의 떨림 때문이다. 색과 형태에서 그가 주목하는 것은 톤과 색조다. 예컨대 따뜻한 노랑은 우리를 끌어당기는 반면, 차가운 파랑은 우리를 밀친다. 점點은 고요의 감정을, 지그재그 선은 불연속의 감정을 전달한다. 칸딘스키가 추상 예술을 주창한 것은 바로 그 맥락에서다. 보이는 것은 보이지 않는 힘을 가질수록 우리의 내적 존재에, 생명의 파토스에 더 분명하고 더 직접적으로 호소한다.

높이와 무게도 파토스와 관계한다. 높은 곳은 이카루스(빛)의 정념情念을 불러일으킨다. 낮은 곳은 하데스(어둠)의 기운을 내뿜는다. 가벼운 동양의 목조 프레임은 하늘로 상승하고 서양의 무거운 돌(과 벽돌과 콘크리트)덩어리는 땅으로 하강한다. 옛 한국인은 중력에서 자유로운 선녀를, 옛 서구인은 날개로 중력에 맞서는 천사와 함께 살았다.

단 한 번 짧게 머문, 그러나
평생 못 잊는,
높아서 비범한,
생각만으로도
청정한 기운 소환하는 그곳.
그토록 맑고 깨끗한,
순수하고 가벼운
공간.

투명한 존재가 되어보기는
그 전도,
그 후도,
없다.

샌하신토는 미국 캘리포니아주 로스앤젤레스 동쪽 약 180
킬로미터에 위치한 팜스프링스^Palm Springs라는 사막 휴양 도
시의 주립공원이다. 해발 3,300미터라고 하니 한국의 가장
높은 산인 백두산(2,744미터)과 남한의 가장 높은 산인 한
라산(1,947미터)보다 높다. 세계에서 가장 큰 '회전하는 케
이블카'를 타고 10여 분 올라가는 치노협곡^Chino Canyon은 보기
드문 장관이다.

(나는 등산이라는 것을 해본 적이 없지만, 산이라 부를 만

한 곳에 간 적도 거의 없다. 기껏 북한산에 두어 번 간 것이 전부다. 그러니 산의 경험에 대해 왈가왈부할 자격도 능력도 없다. 다만 샌하신토 꼭대기는 나를 서서히 매료시켜 푹 젖어 들게 하고, 급기야 천천히 날아와 박힌 화살처럼 몸속 깊이 박혀 지금도 마치 그때 그대로인 것처럼 머물러 있는, 그리하여 내 전 생애 통틀어 몇 안 되는, 참으로 감동적인, 따라서 내가 사랑하는 다른 공간들처럼 형언할 수 없는 공간이어서 짧은 말로 감히 더듬댄다.)

케이블카를 내린 사람들은 거의 모두 산책길을 따라가거나 다른 행로로 움직였다. 나는 함께 간 김 선생과 반대쪽의 길 없는 곳으로 올라가 넓적한 바위 위에 벌러덩 누웠다. 이만큼 가까워진 하늘이 성큼 눈에 들어왔다. 잠시 후 인적 없는 적막한 기운이 온몸을 감쌌다. 말할 수 없이 청량한 공기가 가슴을 채웠다. 조용한 기쁨이 온몸에 스며들었다.

높고 높아
세상사와 인간사가 적멸된 산꼭대기.
탈속 세계.
자아가 소멸돼 삶이 해방된다.
희귀한,
귀한,
못 잊을 경험이다.

물고기는 물 밖에 못 나가고,
우리는 피부 밖에 못 나간다.
삶의 피부는 세상.
그러므로
세상 탈출은 잠시.

그저 잠시
막힌 가슴 한 번 뚫고,
얽힌 인연 벗고,
다시 환속.

탈속은 짧은 선택, 퇴속은 긴 필연.
세인의 욕심은 기껏
청정한 허虛와 무無 한 줌 챙겨
벽시계처럼 집 벽에 걸어두기.
그리고 때때로
일상에서 마주하기.
세심洗心의 의례를,
청정의 공空을
속계 한가운데 들여놓기.

예수(와 야고보와 그의 형제 요한)와 함께 높은 산에 올라
간 베드로는 거기서 얼굴이 해처럼 빛나고 옷이 빛처럼 하

얗게 변한 예수에게 이렇게 여쭤 이른다. "주여, 저희가 여기 있는 것이 좋사오니 주께서 원하시거든 저희로 장막 셋을 여기에 지어 (…) 있게 하소서."(마태복음 17장 1~4절)

풍광은 높을수록 좋다. 시선 권력이 그만큼 커지고, 그와 함께 가리는 것이 줄어들어 시야가 확장된다. 높은 자리는 더 높은 존재감을 부여한다. 발아래 사람들이 늘어나고 머리 위는 적거나 없다. 그리하여 사람들은 높은 자리에 오르고 싶다. 높은 곳에 살고 싶다.

많은 사람이 욕망하는 대상은 비싸다. 높은 빌딩 꼭대기는 비싼 레스토랑과 카페가 독점한다. 맨해튼의 센트럴파크 펜트하우스는 수백억을 호가한다. 네이버에 올린 어느 중개사의 정보에 의하면 한강으로 시야가 열린 아파트는 20~30퍼센트의 프리미엄이 붙는다. 한강 조망 여부에 따라 아파트값이 수억 원 차이 난다. 가난한 사람에게 조망은 과욕. 햇빛 들지 않는 (반)지하도 그저 감사할 일. 삶은 우선 살아남는 것이기에.

높은 곳에서 보는 것을 뜻하는 조감鳥瞰은, 하늘을 나는 새가 보는 탈일상의 풍경이다. 땅에서 보는 인간의 경관과 차원이 다른, 신선이 되어 인간 세상을 내려다보는 기분이다. 그렇게 다른 시점은 다른 감각과 다른 생각을 부추긴다. 시야

범위가 커져 스케일이 달라지면 세상이 달리 보인다. 저렇게 많은 아파트 중 내 것이 없다니. 볼 수 없을 정도로 미미하다니. 저 작은 세상에서 옹기종기 붙어 아웅다웅하며 살고 있다니.

달에서 지구를 보고 싶다. 우리가 사는 지구라는 이름의 행성을 맨눈으로 보며, 인간이라는 존재와 생명의 신비를 전적으로 다른 차원에서 느끼고 싶다. 몇 년 후 민간인을 위한 달 여행 사업이 시작된다며 마에자와라는 40대 일본인이 첫 여행자로 선정됐다는 뉴스가 떴다. 일론 머스크가 시행하는 민간 우주 사업 스페이스X 우주 여행의 첫 번째 민간인 승객이다.

인간은 대립과 모순의 이중적 존재다. 익숙하고 편안한 집에 머물면 문득 낯선 곳으로 떠나고 싶다. 어렵게 여유를 마련해 설레는 마음으로 막상 멀리 떠나 낯선 곳에 머물면 집에 가고 싶다. 돈 가진 사람들이 세컨드하우스를 갖는 것은 그 둘을 다 갖고 싶은 욕심 때문이다. 세컨드하우스에는 낯선 공간에서 길 잃는 기쁨, 미로에서 얻는 존재적 변화라는 더 깊은 의미의 여행은 없다.

미지계의 여행을 몸이 아니라 정신의 차원에서 감행하며 평생 떠나지 않은 사람들도 있다. '쾨니히스베르크의 시계'로 유명한 산책하는 철학자 칸트가 대표적이다. 그는 우리 나이로 여든한 살에 죽을 때까지 자신이 태어나 평생 살았던 그 작은 마을에서 기계처럼 규칙적인 삶을 살았다. 바하는 종종 여행을 다녔지만, 자신이 태어난 곳에서부터 반경 150마일이 넘는 곳을 평생 가지 않았다. 에밀리 디킨슨 또한 죽을 때까지 부모의 집을, 심지어 그의 침실을 떠난 적 없이 일평생 은둔자로 시를 쓰며 살았다. 마르셀 프루스트도 그와 그리 다르지 않았다.

인간은 또한 가벼움(분리, 자율, 자유로움)과 무거움(연대와 귀속)을 모두 욕망하며 그 둘 사이를 오간다. 인간은 사회적 존재이면서 전쟁(지배)의 본능도 지녔다. 혼자 있고 싶지만, 홀로 있으면 외롭다. '타인은 지옥'(사르트르)이라 했듯 함께하면 또 홀로 있고 싶다. 하늘을 날고 싶고, 그와 동시에 땅에 발을 딛고 싶다. 인간의 상상은 그것의 소산이다. 우리는 이카루스를 꿈꾼다. 평생 갇혀 죽을 수밖에 없는 현실 세계, 심지어 몸 감옥에서 탈출하기를 꿈꾼다.

땅 아득히 멀어져
하늘 내려오면
침묵이 따라온다.
영혼이 진동하며 날개가 돋는다.
동물에서 천사로

홀연히 변용^{transfiguration}한다.
에고가 사라지는
에피파니의 찰나.

리하르트 슈트라우스는 죽기 직전 자신의 며느리에게 이렇게 말했다. "앨리스, 참으로 희한해. 죽는 건 내가 〈죽음과 변용〉에서 작곡한 것과 꼭 같아." 〈죽음과 변용〉은 그가 스물다섯 살 때 임종을 눈앞에 둔 병든 예술가를 그리며 작곡한 교향시다. 〈죽음과 '무無나 종말'〉이 아니라 〈죽음과 '변용'〉이다. 퀴블러 로스^{Elisabeth Kübler-Ross}가 죽음을 고치가 나비로 변하는 변용의 과정이라고 했듯 말이다. 모차르트는 죽을 때 이런 말을 남겼다. "죽음의 맛이 내 입술에 있어 (…) 이 땅(세상)의 것이 아닌 무엇을 느껴." 말러^{Gustav Mahler}는 아내를 곁에 둔 채 마지막 숨을 거두기 전 "모차르트! 모차르트!"라고 소리친 것으로 전해진다.

나이가 들수록 변하는가?
새로워지는가?

몸은 나날이 늙고 낡아 간다.
못나 간다.
정신과 점점 거리가 벌어진다.
몸을 당기는 것도

정신이 쫓아가는 것도
다 힘겹다.

정신은
변하는 것인지
새로워지는지
알 길 없다.
지나간 정신은 이미 정신이 아니므로.
도래할 정신 또한 아직 정신이 아니므로.

정신이란 매우 **빠른** 물질이요, 물질이란 느린 정신이라는
칠리다^{Eduardo Chillida}의 말이 뱅뱅 돈다.

너무 **빠른** 부동^{不動}한 빛은
정신인가 물질인가?
몸과 정신이 벌어지는 것은,
정신이 느려 몸이 되지 못해선가?
몸이 느려 정신이 되지 못해선가?

몸과 정신이 둘이 아니라
단 하나의 스펙트럼이면,
기하 급수 형태 선형이면,
둘을 가르는 것은

변곡점.

변곡점은 제로이자 무한.
이것이면서 저것이거나
이것도 저것도 아닌 찰나의 점.
중도의 깊은 뜻.

낮은 곳에 사나 높은 곳에 사나 모든 사람은 높은 곳을 욕망한다. '높이' 대신 '낮이'라는 말을 썼더라면 낮은 곳을 원하는 사람들이 생길까? 높이 없는 '낮이' 없고, '낮이' 없는 높이 없으니 높이도 '낮이'도 실제로 있는 것은 아닌데 현실 세계에서 높이는 절대적이다. '낮이'는 이름도 형체도 없다. 높이는 실체가 없는데도 있다. 있지만 실체가 없다. 길이와 '짧이'도 그렇다. 세계는 없으면서 있다. 중도다. 우리는 지금 어디에 치우쳐 있는가? 혹은 무엇이 없거나 부족한가?

배터리파크시티^{Battery Park City, New York} 산책로

멀리 뻗은 아득한 길이
손짓해 부른다.
오래 잠든
까맣게 망각한
무한無限의 그리움을 일렁인다.
무한의 끝에 무엇이 있을까.
무한을 나타나게 하는 것은 무엇일까.

끝없이 이어진 길이 깨운 영혼은
몸을 부추긴다.
걷고 또 걸어도
당도할 수 없는 곳.
그곳으로
발저Robert Walser처럼 걷고 싶다.

크로노스가 발목을 붙잡는다.
또

어김없이
중단되는 발걸음.
하여,
더 그립다.

중국의 최초이자 역대 프리츠커상 최연소 수상 건축가 왕슈
王澍의 탁월한 작품 〈중국미술대학교 샹산캠퍼스, 항주〉는
'길'을 자신 건축의 주제로 삼는다. 거기에는 눈으로는 가늠
할 수 없는 정말 긴 보행교가 있다. "무한에 이르는 길" 혹은
"무한성이 나타나는 길"이라 이름 붙일 법한 그 다리가 감
동적인 것은, 이곳과 저곳을 연결해주는 다리의 본디 기능이
없어서다. 다리가 마지막으로 착지하는 곳은 건너편 작은
야산이다. 거기에는 거주(사람)의 흔적을 찾아볼 수 없다.
왕슈가 지어낸 다리를 끝까지 가보고 싶었지만, 이러저러한
이유로 그리하지 못했다. 산다는 것은, 진실로 잡고 싶은 것
은 늘 마음에 간직한 채 홀홀히 떠날 수밖에 없는가. 우매愚
昧를 벗기 어렵다. 남겨진 목마름이 가시지 않는다.

배터리파크시티 산책로는 뭐 하나 특별하다 할 만한 구조
물이 없다. 그래서 좋다. 비싼 것들은 우리를 불편하게 한
다. 지나친 가공과 꾸밈은 조심하게 만든다. 싼 바닥 마감
재료. 넓지 않은 폭. 어디서든 볼 수 있는 간이 벤치들. 듬성
듬성 서 있는 전지剪枝되지 않은 자연스러운 나무들(어릴 때

즐겨 먹었던 아이스케이크처럼 혹은 깍두기처럼 애써 사각
형으로 일정하게 잘라낸 방배동 가로수는 얼마나 흉한가).
편안하고 자유롭게 오가는 몇몇 사람. 멀리 보이는 도시의
빌딩들. 그 사이를 가르는 바다. 시작도 끝도 없이 늘 출렁
이는 물. 거대한 하늘. 그리고 구름 몇 점. 다만 아득히 이어
져 있을 뿐. 아, 늘 내 세계의 끝인 바다 내음 살짝 실린 부
드러운 바람도 있다. 세상에서 가장 촘촘히 짠 그물마저 붙
잡을 수 없는 바람이.

끝이 보이지 않는 공간에
홀로 머물면,
알 수 없는 그리움이
알 수 없는 곳에서 피어
온몸에 번진다.

그때 나는
오직 그리움 속에 존재하고
그리움밖에 모른다.

발저의 문구가 떠오른다.
나는
나 자신이
한 번도 돼본 적 없다.

나는 생김새보다

그리움에 가깝고,

오직

그리움 속에 존재하며,

그리움 자체다.

삶의 세계는 모두 파편이다. 도시를 구성하는 선들도, 면들도, 덩어리들도, 녹지도, 하늘도 파편이다. 시간도 파편이며 심지어 나와 네 관계도 파편이다. 기억도 그렇고 상상도 그렇다. 인간은 단속斷續으로 이뤄진 세계의 파편 거주자다. 고립된 영토의 내부자다. 이어진 것은 저 너머 오아시스의 신기루다.

삶이란 태어나 죽음에 이르는 (아주) 짧거나 (충분히) 긴 여정. 과정은 흐르는 물처럼 이어지나 인식과 경험은 파편이다. 변화는 늘 문득 온다. 문득 네가 내 곁에 없고 문득 너는 다른 사람이다. 끊임없이 오랫동안 지속하는 대상이 선사하는 경험은 얼마나 충만한가. 그리하여 얼마나 형언할 수 없는가.

울란트Ludwig Uhland가 자신의 시로 들려주는 「에버하르트 백작의 산사나무」이야기가 그렇다. 위텐베르크의 수염 기른 에버하르트 백작은, 팔레스타인 해변으로 떠나는 성스러운 여정에서 산사나무 어린 가지 하나를 꺾어 헬멧에 끼운 채 전장과 바다를 누볐다. 집에 돌아와 그것을 땅에 심었다. 부드러운 봄이 싹을 틔웠다. 매년 찾아간 선하고 충실한 백작은 산사나무 가지가 용감하게 자란 것을 보며 기뻐했다. 이제 노인이 된 그는 울창하게 자란 그 나무 밑에 종종 앉아 몽상에 잠긴다. 높고 넓게 지붕처럼 쳐진 가지들이 부드럽게 바스락거리며 오래전 먼 땅으로 그를 데려간다.

타르콥스키Andrei Tarkovskij가 아들을 위해 "희망과 확신을 갖고" 만들었다는 영화 〈희생〉도 시작이 그와 비슷하다. 주인공 알렉산더는 아들 고센에게 다음 이야기를 들려준다. 아주 먼 옛날 한 수도원에 늙은 수도승이 죽은 나무 한 그루를 산에 심고서 제자에게 당부했다. "나무가 다시 살아날 때까지 매일같이 물을 주거라." 제자는 날마다 이른 아침 물통에 물을 담아 산에 올라가 그 죽은 나무에 물을 주고 저녁이 돼야 수도원으로 돌아왔다. 그렇게 3년이 지난 어느 날 나무에 꽃이 만발했다.

고사枯死한 나무를 심으며 이야기를 마친 알렉산더는 아들에게 이렇게 가르친다. "만약 매일같이 정확히 같은 시간에 같은 행동을 반복한다면, 늘 꾸준하게 의식과도 같이 말이다, 그러면 세상은 변하게 될 거다. (…) 만약 어떤 사람이 정확히 아침 7시에 일어나 욕실로 가서 물 한 잔을 받은 후

변기 속에 붓는 일이라도 날마다 계속한다면. 끝없이 노력하면 결실을 얻는 법이지."

딜라드^{Annie Dillard}는 『돌에게 말하는 법 가르치기』에서 이런 이야기를 들려준다. 래리^{Larry}는 손바닥만 한 크기의 돌을 해변에서 주워와 하루에도 몇 번씩 레슨을 시키는 의례를 실행한다. 돌에게 말을 가르치겠다는, 누가 봐도 쓸데없을 뿐 아니라 어처구니없는 래리의 행위가 고귀한 것은 죽음이 야기하는 삶의 단절을 극복하고자 하는 영원성의 의지 때문이다. 래리는 자신의 의례를 자신과 별거 중인 아내와 함께 사는 어린 아들에게 전수하려고 애쓴다. 자신의 사후死後에도 그 의례가 이어져 언젠가는 열매를 맺게 하겠다는 의지가 돌보다 단단하다.

범범하나 충만하다.
하늘과 바다가 가득하고,
평생 갈 길이 앞에 있다.

정직하고 담대하게,
균형 잡아 평심푸心으로,
찬찬히 걸어가면 될 일.

때때로 한눈팔고 잠시 쉬어도

잃지 않을 외길.
비로소
삶이 온전하다.

삶의 의미는 마치 목걸이처럼 흩어진 파편들이 하나의 실로 연결될 때 완결된다. 프로이트는 그 실을 죽음이라고 불렀다. "죽음은 삶(생명)의 목적이다." 죽음은 삶이 당도할 마지막 지점이다. 죽음이 끝인 사람은 현실주의자다. 모든 의미를 삶의 현실에 둔다. 죽음이 변화의 시간, 곧 터미널(종점이자 출발점)이라 믿는 사람은 다시 출발할 길이 좋은 길이 되기를 기도하는 정신주의자다.

마음의 그늘 없는 자족의 삶. 선하고 충실한 삶. 진리를 구하는 삶. 아름다움을 경험하는 삶. 현실의 삶이 현실에서 온전히 종결되는 삶은 죽음이 끝이든, 또 다른 시작이든 좋은 죽음을 만날 것이다. 걸어온 길에 애증이나 미련을 두지 않을 것이므로. 하나의 길을 온전히 걸었으므로.

매끄럽게 연속되는 매듭 없는 공간, 홈 파이지 않은 매끈한 공간은 얼마나 낯선가? 애벌레가 나비 되듯 단절 없는 변태變態는 얼마나 신비한가? 어린 왕자가 그토록 좋아했던 석양이 그렇고, 장자의 호접몽胡蝶夢이 그렇고, 사랑의 순간도 그렇다. 이것과 저것의 분별이 없다.

물아일체의 경험은 귀하고 또 귀하다. 니체와 선사禪師들의 말처럼 개인, 곧 '나'라는 개별적 존재가 환상이나 '오류'라면, 양자 물리학자들의 말처럼 우리의 의식과 사물이 서로 떨어져 있는 것이 아니라 연결되어 있다면, 슈뢰딩거의 말처럼 모든 의식이 본질로 하나라면, 곧 오직 하나의 정신만 있다면, 우리는 니체의 주장처럼 우주를 이루는 한 부분일 것이며 우주적 존재일 것이다. 육체의 소멸로 우리가 여러 원소로 흩어져도, 그리하여 가시성의 지평을 벗어나도 우리를 구성하는 원소들은 소멸하지 않을 것이다. 질량 없는 쿼크나 광자는 물질도 아니고 그렇다고 비非물질도 아니므로. 별에서 온몸의 원소는 다시 별로 돌아가거나 다른 원소들과 결합할 것이다. 그리하여 다른 존재로 가시성의 지평 안에 들어올지 모를 일이다. 내가 나뉘지 않은 것에 끌리는 것이 혹, 미분화를 향해 움직이는 영혼의 몸짓 때문일까.

마그리트René Magritte가 그린
〈헤겔의 휴일〉을 본다.

활짝 펼친 우산 위 한가운데 놓인
물 담긴 유리컵.
우산은 물을 거부하고
컵은 물을 수용한다.
둘의 오묘한 만남.

절묘한 균형.

헤겔을 위해
휴일을 반납한
뾰족한 우산 꼭지 덕분이다.

삶의 화평을 위해
분별을 없애기 위해
삶의 본질인 신비를 위해
나는 어떤 중심 침을 뽑아내야 할까.

종묘 정전

무한한 하늘 아래,
시야를 넘치는 길고 낮은
검고 무거운
지붕 아래,
동그란 서까래 흰 원들.
무한 표시 마침표들.

월대 위로 오르면
완만하게 굴곡진 바닥이
월대에 차 있는
거대한 간間의 공空이
몸을 들어올리며
옆으로 빠져나간다.
무중력.
부유하는 공간,
물질이 멸실된
형이상학계.

양쪽을 반으로 가르는
혼령의 길이
멀리 뻗고
저기 지붕 아래 어둠의
장구한 깊은 침묵 아래
죽은 자 혼령들이 머문다.

산 자는 여기
죽은 자는 저기
그리고
그 사이
텅 빈 허虛가
세상 위 세상
세상 아래 세상
무의 세상
가득 이룬다.

꾸밈없이 반복되는
어둠에 머리 먹힌 주신柱身들.
그것들을 에워싼
불분명한 기운.

어느 곳이든 어느 대상이든 그렇지 않겠는가. 땅거미가 지기 전 홀로 머무는 세계는 절대적으로 고혹적이다. 슬프도록 아름답다. 아름다워 슬프다. 하물며 사자死者들이 거하는 곳이라니. 미지의 거대성에 전율을 느낀다. 초라한 미물의 허약성이 남김없이 노출된다. 장구한 시간과 거대한 공간은 개인을 한낱 먼지로 처분한다. 태양 아래 홀연히 온통 노출된 미물이 몸을 잃는다.

달아나는 기하학으로
넓게 펼쳐진 바닥의 막돌들은
산 자의 인위人爲를 버려
죽은 자의 무위無爲를 마련한다.

허깨비 발은 어디로 움직이는가.
혼령들에게 다가갈 수도
등 돌려 돌아갈 수도 없는
삼엄한 당혹감이 엄습한다.

신로神路 끝에 기거한
어둑한 어둠은
다가가거나,
더더구나 다가가
감히 들여다봐서는 안 될 일.
영계의 법리에 거스르는

발칙한 인욕人慾.

나는 목줄 묶인 주인 없는 개처럼
뱅뱅 돌다,
종적을 감췄다.

그리고 몇 년이 지났을까. 종묘를 다시 찾았다. 그리고 걸음
을 되돌렸다. 해설사가 마치 '양 무리' 챙기듯 관람자 자리
와 동선을 통제해서다. 울화가 치밀어 마사토를 걷어찼다.

사자의 영혼이 거하는 종묘는 침묵이 생명이다. 소리뿐이
겠는가. 세속의 풍경도 눈에 들어오지 않도록 가려야 할 일.
관람자의 언행도 조심해야 할 일. 종묘 영역에 부가한 일체
의 사물들도 없어야 할 것. 제사 영역에 꽃나무와 살아 있
는 물고기를 두지 않듯 사자들을 위해 관람자가 접근할 영
역도 눈으로 보고 카메라로 담을 시야도 한정해야 할 것.
죽음이 온전히 머무는 공간이도록 할 것. 그리하여 우리가
도무지 알 수 없는 저 세상이 이 세상 소음으로 방해받지 않
도록. 다른 공간과 다른 시간이 현존할 도시의 공백이 될 수
있도록. 금기 버린 세상에 금기가 절실하다.

범속한 물질을
고도의 형식으로 빚은 사물.

빈한하나

법도 서린 사람.

세상 권세 이기는 아름다움.

우아하고 존엄한.

삼베 빳빳하게 풀 먹여 살 베일 듯 날 세운 상여복이 그렇다. 이제는 상여를 볼 수 없으니, 아예 죽음(과 연관된 모든 사물과 절차들과 공간들과 시간들)을 통째로 살균처리 해버렸으니, 상여복을 모르는 사람이 많을 것이다. 상여복이야말로 '검이불루儉而不陋'한 전형이다. 우리 사회는 죽음마저 모조리 상품화해 죽음의 시종始終을 경험할 수 없는 세상이다. 서구는 여전히 도시 한가운데 일상 공간에 사자의 공간을 둔다.

'죽음 없는 삶' 혹은 '삶 없는 죽음'이 있을 수 있을까? 밤과 낮이 그렇듯 죽음을 제거하면 삶의 중심도 사라지지 않을까? 삶의 근거가 없어지지 않을까?

삶은 소음. 죽음은 무음無音. 죽음의 공간은 적막이지만, 살아 있는 공간은 조용할 날이 없다. 온갖 소리로 시끄럽다. 삶은 움직임. 죽음은 정지. 살아 있는 공간은 활동들로 분주하고 죽음의 공간은 쥐 죽은 듯 고요하다. 삶은 중력의 반항. 죽음은 중력의 순응. 죽음은 수평선이요, 부동이요, 침묵. 플랫라이너는 죽은 자의 기호.

대양의 윤곽이 땅과 만나 형성되듯 삶의 형태는 죽음을 통해 구성된다. 삶의 공간을 인식하고 숙고할 수 있는 것은 죽음의 공간이다. 죽음의 공간을 갖는 것이 도시적 삶에 얼마나 소중한 일인지, 니체는『The Gay Science』에서 이렇게 썼다. "언젠가, 아마도, 곧 우리는 우리의 대도시들에 가장 결핍된 것을 좀 알아야 할 것이다. 반성을 위한 조용하고 넓은 장소들. 어떤 자동차들의 굉음이나 소음도 미칠 수 없고, 심지어 성직자들마저 큰 소리로 기도하는 것이 예의상 금지되는, 길고 높은 천장의 회랑을 가진 장소들. 생각에 잠기는 것과 옆으로 물러나는 숭고성에 표현을 함께 부여하는 건물들과 장소들." 우리는 삶의 공간뿐 아니라 죽음의 공간도 필요하다.

죽음의 건축은 어둠과 그림자의 건축이며, 돈 되는 3차원이 아니라 무용無用한 2차원의 건축이다. 깊이가 제로인 무無 혹은 무한의 건축이다. 물질이 빠져나간 흔적의 건축이다. 빛과 어둠이 주인인 건축이다.

구례 천은사

우리나라의 웬만한 산지山地 고찰古刹은 다 아름답다. 특히 외부 공간이 일품이다. 정적 상태도 그렇고, 외부 공간이 동선에 따라 전개되며 풍광이 변하는 동적 상태도 그렇다. 정적 상태는 봉정사 영산암이, 동적 상태는 부석사가 최고다.

유서 깊은 고찰들은 특히 발걸음을 옮길 때마다 새롭게 펼쳐지는 경관들이 예사롭지 않다. 그런데 그것들이 미학적으로 세심하게 설계한 결과라고 말하기는 어렵다. 한국의 옛 건물들은 토목 공사에 드는 에너지를 절감하기 위해서도 그렇지만, 심지어 궁궐과 종묘가 보여주듯 엄정한 기하학이 아니라 대체로 지형과 지세에 따르기 때문이다. 사찰마다 다른 풍경이 창출되는 것 또한 기능이 같은 구조물도 그것이 놓이는 땅과 그것을 둘러싼 물리적 환경이 다르기 때문이다. 우리가 서로 다른 것은 우리의 처지와 환경 때문이다. 우리는 본디 그리 다르지 않을지 모른다.

'샘이 숨었다.'는 뜻의 이름을 가진 천은사泉隱寺는 다른 고찰에서 경험할 수 없는 공간감을 안고 있다. 건물들보다는 건물들을 떠받치고 있는 땅들이 이루는 구성미와 리드미컬한 변화가 놀랍다. 가히 독보적이다. '천은사'는 드라마 〈미스터 션샤인〉이 방영되면서 대중에게 알려지고 작년에 산문山門이 활짝 개방되면서 근래 사람들이 찾게 됐으니 샘을 숨긴 천은사가 긴 세월 자신을 숨겨온 셈이다. 나 또한 올해 가을 끝자락 해가 뉘엿뉘엿 질 무렵 뜬금없는 발걸음을 거기로 옮겼으니 늦기로 말하자면 일등 군에 속한다.

시선 끝 멀리 선 일주문.
아슬하게 홀로 있다.
빈틈없는 비례는
외로움도 쓸쓸함도
허락하지 않는다.

선 위에 선 것은 모두
위태롭다.
정방正方으로 허공 가둬
선線으로 중력에 맞서
산문 들어서는
속계 그림자 끊고
맑은 일심一心 모은다.
흐르는 능선稜線이

하늘을 가른다.

세 개의 단.
세로 두 열.
세 글자 일/주/문(기둥 하나의 문).
날카롭게 경사진 획들이
절묘한 균형을 이룬다.

비켜 서 있는 껑충한 수홍루는
두 번째 영역 마디.
물 위 가볍게 건너듯
하방이 여리다.
오른편 물은 개울처럼 꿈틀대나
왼편 물은 거울처럼 멈춰 있다.
절대 고요에 잠긴 물.
몸이 멈춘다.
수평으로 돌아간 마음이
명경明鏡을 흠모한다.

세 번째 마디는
계단 위 세 칸 천왕문.
양측 두 칸은 색色이요, 가운데 한 칸은 공空.
공을 지나가야 하리라.

공을 채운 보제루가 발길을 재촉한다.
계단에 다가가면
다시 공이 공으로.

상승하는 눈길에 맞춰
어둠의 프레임이 불러내는
산문의 아름다움.
악귀 때려잡는 사천왕들이 절정을 이룬다.
성스러운 아름다움에 잠시 영혼 맡길 시간.

계단과 보제로가 시야를 자르고
석등은 중심에서 빛난다.
달팽이처럼 느리게 나아가야 할 곳.

이윽고 드러나는 경내 전경은
한 폭의 풍경화.
검박한 보제루와 운고루.
그 사이 설선당.

계단들과 축대들과 사각으로 잘린 땅바닥들.
추상이 담아내는 공간이 고혹적이다.

경내境內에

어스름 어둠이 들어차고
전등불이 켜져
신비가 스며든다.
숙연하다.

운고루는 곁 계단이 함께한다.
중생의 고통과 번뇌 벗기는
깨달음 소리, 범종.
네 발 짐승 제도하는 법고.
물속 중생 제도하는 목어.
떠도는 영혼 구제하는 운판.

극락보전이 불빛으로 환하다.
밤도 낮도 아닌 여명의 극치.
예불 스님 독경이 공간을 채운다.

극락보전 왼편 계단 위
계단들과 축대들과 땅들이 펼쳐내는
추상의 공간.

명월로는 어찌 이리 수수한가.
계단들과 축대들과 땅들이
새롭게 또 펼쳐내는 공간.

어디서든 들려오는 물소리가 주인인 양 위세 떠나
이곳의 주인은 가히 땅.
돌아보는 풍경이 고즈넉하다.

팔상전과 응진전 앞마당은
큰 바위가 주인.
어디서 왔을까.

왼편 계단이 손짓한다.
경내를 빠져나오면
그리움을 잉태하는 길이 아마
차밭에 이르리라.

산꼭대기 구름 앉고
길은 이미 어둑하다.
수묵화된 산허리와 하늘 아래
겹겹이 내려앉은 기와지붕 아래

불빛 환하다.
단청과 되비추는 초록빛 신비롭다.

되돌아온 경내 기와 지붕들은
너머의 산들과 하나.

대웅전 뒤
아무도 찾지 않는 내버려둔 공간.
가장 은밀하고
가장 내밀한 곳.
비로소 편히
내버려둔 속된 욕망 만나는 곳.

우리의 영혼은 왜 그리 잘 다치는가.
다친 영혼은 왜 그리
회복이 안 되는가.
기도하고 빌어야 할 큰 존재는
누구인가?
정화수는
어디서 긷는가?

어둠 잠식한
돌아 나서는 풍경.
돌아오는 길은 늘 새롭다.
심중의 언어들은 거기에 뒀다.

종교宗教, 곧 '으뜸 가르침'을 뜻하는 'religion'은 라틴어 어
원에 따라 '신성한 것에 대한 존경', 그리고 현대적 해석으
로는 '단단히 묶다.'라는 뜻이다. 삶과 죽음의 관계가 그렇

듯 세속의 세계는 성스러움이 요청된다. 보이는 것과 보이지 않는 것, 이승과 저승, 산 자와 죽은 자, 형이하학과 형이상학, 필멸과 불멸, 인간과 신 등을 결합하는 것이 종교의 핵심이다. 자본주의 체제로 제도화된 현대의 종교는 성스러움도 대립적인 것을 통합하는 능력도 잃은 지 오래다. 성스러운 직능인인 성직자는 외양만 남아 삶의 형식이나 내용이 세속 직업인과 다르지 않다. 성과 속을 이어야 할 성스러운 공간도 시장 경제에 흡수돼 단순히 기능 공간으로 환원되거나 관광용 도구 공간으로 전락했다. 수많은 한국의 고찰이 그로써 변형되고 오염돼 상업 냄새가 진동해 더는 찾고 싶지 않다. 우리의 소중한 것들이 그렇게 소멸돼 간다.

종교는 우리 당대의 갈등을 야기하는 핵심 동력이다. 역사적으로 거의 모든 전쟁은 종교가 근원이다. 21세기에 접어들어 테러리즘 시대를 개시한 종교 근본주의는 새로운 차원의 화약고다. 인공 지능과 생명 기술은 지금까지 경험해보지 못한 새로운 세계를 멀지 않은 장래에 열 것이 확연하다. 그런데도 종교와 종교인이 세상에 떨치는 위세는 좀체 사그라들지 않는다. 더 극성이다. 한국의 정치가 점점 종교적 색채(자신의 진영에 대한 무오류의 확신과 그에 따른 다른 진영에 대한 적대성)를 띠는 것은 크게 우려스럽다. 세속의 가치와 세간의 이념에서 벗어난 공간, 그리고 그러한 공간을 인식하고 경험하는 것은, 우리 자신과 우리 사회가 야만으로 퇴행하지 않는 데 긴요하다.

새벽 세 시 반 어김없이 부스럭부스럭.
참빗으로 쪽머리 단장하시고
덜그럭덜그럭.
새벽 공기 맞으며 바람처럼 나가신다.

정한수 기도 마치시고
다시 덜그럭덜그럭.
환한 얼굴로 내미시는
작은 아침상.

보리밥 위 모락모락 피어나는 김.
문풍지 사이 길게 들어온 햇살.

화석이 된 풍경.
재연과 재현이 불가능한 아지랑이 기억.
거실 풍경風磬은 묵언 중.
몰락한 것은 다시 떠오르지 않는다.
사자처럼.
귀한 것들이 빠져나간다.
모래시계 모래처럼.

베를린 필하모니콘서트홀(과 국립도서관)

건축의 생명은 '공간'이다. 지금까지 내가 살펴본 작품 중 최고 공간은 단연 독일 건축가 샤로운^{Bernhard Hans Henry Scharoun, 1893~1972}의 베를린 필하모니콘서트홀(이하 베를린 필)이다. (아직 경험해보진 않았지만, 이런저런 방식으로 접해 보건대 루이스 칸^{Louis Kahn}의 방글라데시 국회의사당 또한 분명 그에 못지않은 최고 걸작임이 틀림없다.)

'베를린 필'은 샤로운의 대표작이다. 그것이 없었더라면 오늘날 현대 건축 역사에서 차지하는 그의 위상이 확연히 다를 것이다. 건축가 사무소 열 개가 참여한 설계 경기에서 그가 우리나라 나이로 예순다섯에 당선해 일흔하나에 완공한 (그는 9년 후 세상을 하직했다.) 작품이 그를 오늘날 세계적 건축가로 만들었으니 그만큼 '베를린 필'은 힘들게 작업하는 후배 건축가들에게 희망으로 남아 있다.

나는 '베를린 필'을 2008년 고^故 정기용과 고 이종호, 두 건축가와 함께 방문했다. 두어 달 전 발생한 화재는 흔적도 찾아볼 수 없었다. 그때 샤로운보다 두세 살 적었던 정기용 선생은 '베를린 필'을 보며 당신의 희망을 간절히 내보였다. 당신의 여생에 이런 프로젝트의 기회가 주어지기를. 선생의 모습이 지금도 생생하다. '베를린 필'은 건축가라면 누구나 실현하고 싶은 건축의 보석이다.

로마의 콜로세움 혹은
마당극의 마당처럼
수많은 계단 형태 발코니가
경사진 포도밭 대지처럼
무대를 에워싸는 홀.
대지의 판들이
사발 형상으로 모여 있는 홀.

멀리 있어도 가까운 듯,
함께 있어도 분리된 듯,
홀로 있어도 더불어 있는 듯
대지 여러 판이
별빛 총총 박힌 천막 지붕 아래
자유롭게 옹기종기 모였다.

전체를 구속하는 질서가 없으나
모두 사건의 장소를 중심 삼는,

하나의 대상을 바라보고 듣는,
그것을 바라보고 듣는 다른 사람들을 바라보는,
서로 다른 자유로운 사람들의 자리.
세계, 곧 공적인 것(아렌트)이 출현하는 장소.

이곳은
복수의 개인들이 하나의 세계를 공유하는,
빙 둘러앉은 사람들 사이 존재하는,
개인들을 관계시키면서
분리시키는
테이블 공간.

세대와 사회와 특정 관점의 경계를 넘치고
필멸의 한계를 초월해
영속성의 세계를 담보하는
인간의 공작.
그로써 인간은 세계내존재가 된다.

한 사람의 건축가가
세계가 아름답게 빛나도록 작업한
공적公的 걸작.

공적인 사건은,

보고 들은 것을 나눌 수 없을 때
개인적으로 것으로 하강한다.
건축가는
본 것과 들은 아름다운 세계를 잠시 교환하는
인터미션을 극화한다.
삶의 가장 아름다운 순간을 나누는
시선들을 장면화한다.
피라네시의 얽힌 공간이
현실이 된
사발 주변의 '잉여' 공간.
모든 아름다운 이들을 위한 무대.

긴 복도의 겹들과 다양한 각도와 형태의 계단들이
하나하나 세심하게 다뤄져
어긋나는 각도,
데카르트 직교 체계를 철저히 벗어난
복수의 자유로운
파편들의 사선과 사면들,
그것들이 빚어내는
서 있거나 오르내리는 사람들이 주고받는 시각 장場.

인간 행위의 궤적이 생성해내는
건물 안팎의 선들과 면들.

행위 바깥 어떤 것도 구속하지 않는
부분들의 자유로움.
오직 자신에 충실한 부분들이 이루는
하나의 장관.

형태는 내부로부터 나온다.
내부는 활동이 규정한다.
사랑의 크기는 사랑하는 자의 행위들의 총합이듯
건축은 동사(들)의 구현.
바깥에서 강제되거나 부가되는 것은,
아무것도 없다.

휘고 끊어지고 엇나가고
무수한 행위들이
건축의 이름으로 집적된다.
복수의 이질적 부분들을
존재 안으로 끌어들이는 영혼.
질서의 원리, 아르케.
여기서 그것은
표현성 혹은 유기적인 것이라 불린다.

삶의 드문 기쁜 순간을
우리의 가장 빛나는 순간을

아름답도록 해주는 공간.
그것은 이름이 없다.

우리의 삶은, 우리의 일상은, 언제 가장 빛나는가? 탁월한 예술가가 빚어낸 탁월한 작품은 천국의 열매를 맛볼 축복의 공간이다. 너와 내가 비로소 선한 것과 아름다운 것에 '함께' 참여함으로써 그에 따라 우리의 영혼이 잃은 빛을 되찾아 우리 또한 선하고 아름다운 존재가 되는 시간이다. 타락한 언어를 성화^{聖化}하는 시는 극빈한 자에게도 주어지는 법. 그러니 부디 우리의 가난하고 허한 마음의 기^氣가 그 길을 쫓기를. 그 빛을 바라보기를.

우리 모두 가끔은 스포트라이트를 받는 인생이면 좋겠다. 자신이 아는 사람들이, 모르는 사람 몇몇과 함께 자신을 주목하는 사건이 '더러' 있는 삶이면 좋겠다. 각종 매체를 통해 드러나는 사건들은 예외 없이 나쁜 사건이며, '아름다운 오해'는 도무지 상상할 줄 모르는 삭막한 세상이다.

좋든 나쁘든, 행복했든 고통스러웠든, 모든 것이 지나가고 지금 여기 아무것도 없다. 텅 비어 홀로 있다. 그러니 어떤 일이든 그리 기뻐할 것도 슬퍼할 것도 아니다. 그런데 그렇긴 하다만, 기쁨과 고통을 빼고 나면 도대체 무엇이 삶이겠는가. 사는 것이 고통이라지만, 고통은 생명의 본질. 고통이 없으면 기쁨 또한 없다. 그러므로 고통 없는 삶을 희망하는 것은 살아 있으나 죽은 삶을 구하는 일. 고통은 삶의 파르마콘pharmakon. 고통 없는 사람, 상처 없는 사람 없으니, 고통 없이 사는 길은 없으니 참으로 인간적인 삶이란 그저 타인의 큰 고통을 자신의 작은 고통으로 안아주는 일일 것. 타인의 드러난 부끄러움을 자신의 숨겨둔 부끄러움으로 덮어주는 일일 것. 즐거움은 그저 당연한 것이어서 혹은 거기에 빠져 있는 탓에 그것이 주어진 까닭을 묻지 않으면서, 고통은 악으로 여겨 '왜 하필 나냐'라고 따지지만, 우리 자신을 오롯이 되돌아볼 수 있는 것은 고통. 부디 고통의 의미를 발견하기를. 고통의 의미에서 정신의 기쁨을 찾을 수 있기를. 더 넓고 더 큰 지평으로 바라보는 지혜가, '영원의 관점'에서 삶아갈 초월의 영성이 절실하다.

'좋은 삶'이란 삶의 총체성 안에서 떠오르게 될 종국의 문제. 그러므로 한순간의 금메달 영광(이나 지옥의 절망)에 일희일비하기보다, 거기에 온 열정을 바치기보다 순간마다 삶의 의미로 채우기를. 끊임없는 열정의 이슬로 작은 기쁨 부단히 지어나가기를. 산다는 것은 자신이 살아나가는 것. 그러므로 무엇이 주어지기를, 누군가 해주기를 기다리지 말자. 먼저 나서서 함께 나눌 기쁨을 만들자. 함께하는 이들이 빛나고 함께 빛나도록 무대를 짓자. 제때에 맞춰 사는 지혜를 때때로 구하며 슬픔의 시간은 슬픔에, 기쁨의 시간은 기쁨에, 축제의 시간은 축제에 전념하자.

정치와 경제와 기술은 삶의 수단. 진실한 것과 선한 것과 아름다운 것을 경험하는 일은 삶의 목적. 멀지 않은 때 우리의 얼굴이 흙이 되겠지만, 소리와 이미지와 상상의 감각에 온몸을 맡겨 얻는 경험은 삶을 단단하게 채우는 일. 누구도 뺏을 수 없는 자신만의 역사를 지어나가는 일. 사유의 길을 쫓아 세계의 지평을 넘어가려 애쓰는 것은, 존재가 열리고 확장되는 경이로운 과정. 그러므로 철학과 문학과 예술의 세계 한가운데 깊이 들어서는 일이야말로 삶의 진정한 내용이자 본질. 죽음의 수용소를 겪으며 깨달은 프랭클Viktor Frankl이 가르쳐줬듯 사랑과 아름다움을 경험하는 것은 삶의 필수적 요청이자 의미. 그러므로 분주한 일상의 틈을 가능할 때마다 벌려 탁월한 예술 작품을 수시로 경험하자.

'베를린 필'이 1963년 베토벤의 9번 교향곡(카라얀 지휘)으로 역사의 첫 페이지를 연 다음 해 샤로운은 베를린 국립도서관 설계 경기에 당선했다. 자신의 생애 최고의 작품인 '베를린 필' 옆에 평화롭게 서 있는 이 도서관은 자신의 학생이었다가 아틀리에 파트너가 된 비스니브스키Edgar Wisniewski와 함께 작업한 작품이다. 1966년에 착공돼 1978년에 완공됐으니 정작 건축가 자신은 생전에 보지 못했다. 그의 마지막 작품이 된 베를린 국립도서관은 대부분의 건축가가 열 손가락 안에 꼽을 만큼 사랑하는 영화인 〈베를린 천사의 시^{Wings} Of Desire, 1987〉 초반부에 등장한다. 이 작품의 역시 (내부) 공간이 핵심이다. 여러 층위의 판으로 구성돼 다양하게 열리며 이어지는, 다공성의 입체적 미로^{迷路} 공간은 내가 경험한 건축 공간 중 으뜸이다. 도서관이란 근본적으로 지식을 위한 장소이긴 하지만, 이 도서관은 아름다운 공간만으로도 존재할 이유가 충분하다. 우리 도시는 그렇게 기능과 무관한 장소가 여기저기 필요하다. 기능적인 것에는 영혼이 들어설 여지가 없으므로.

들어서면 펼쳐지는 여러 풍경.
거대한 사각 보와 원기둥 구조물이 나누는
두 마디의 공간 시퀀스.
바닥을 나누는 직선들과 사선들.
나지막한 원형 구조물 안내 데스크,
그리고
그것과 비스듬한 사선을 이루며 자리 잡은
두 정방형 구조물 입구.

먼 입구 계단과 그 위에 납작하게 틀 지워진 깊은 공간.
시각 장^場 변두리에서 강렬하게 출현하는
조각 형상 띤 붉은 덩어리와
그것이 이루는 공간의 단락.

조명 빛을 부드럽게 확산하는
음악 기호 형상의 떠 있는 판들.
왼쪽 멀리 반짝이는
찬란한 원색들의 글라스블록 벽면.
저 멀리 로비 위를 건너가는 긴 다리.
문처럼 서 있는 어두운 벽,
그 한가운데 원형 시계,
그 아래 정방형 거울과
거울이 붙잡은 어느 사진가의 작품 같은
지나가는 여인의 찰나.

거대한 보이드^{void}로 안내하는 계단은
그리드 형상으로 배열된,
허공에 매달린 구형 조명들이 환영한다.
건축가가 디자인한 조명은
오늘날 엄청난 고가로 매매되는
하나의 (장식) 예술품이다.
다양한 형태와 크기와 밝기의 조명들은
공간의 성격을 규정 짓고 나누며
공간의 질서를 생성한다.
계단을 돌아 진입 공간 위에 마련된
첫 영역에 들어서면
수많은 개별 요소가 정지된 군무처럼

'따로 그리고 함께'
공간 스펙터클이 펼쳐진다.
태양 빛이 빚어내는 신비스러운 유리 블록 벽,
나지막한 피라미드 형상의 글라스 천장,
가로로 지나가는 두 보행로,
앞으로 불쑥 내민 위 두 레벨을 잇는
계단참의 묘한 이미지,
아득하게 보이는
깊은 공간들과 빛의 유희.
공간 드라마가 화려하게 개시된다.

관찰자의 움직임에 따라 시시각각 펼쳐지는
공간 형상은 형언 불가.
수직적 변화와 수평적 변화,
크기와 깊이와 연결의 리듬,
레벨 세 개를 한 번에 담거나 무한한 듯 쭉 뻗은
납작한 공간,
이쪽과 저쪽의 레벨들을 하나로 모으는
피라미드 유리 천장,
열린 공간으로 에워싸인 광장 공간,
그것을 자르며 앞으로 내달리며 왼쪽으로 꺾는 조명 선,
발코니처럼 불쑥 나온 공간 바닥들,
조형물이 된 계단의 역동적 형상,

하늘과 만나는
중심부 클리어스토리에서 내려오는 빛,
무수히 다른 형태와 크기의 공간들을 하나로 담는
거대 추상 공간,
이 모든 풍경을 묘사하는 것은 불가능한 일.

우리가 할 수 있는 일이란 그저,
공간의 형상을 파악하고
구조를 인식하려 애쓰지 말고
공간이 이끄는 대로 이리저리 움직이며
시야에 들어오는 풍경을 가만가만 챙겨,
건축가가 빚어낸
다공성의 거대한 미로가 자아내는 공간미학에
즐겁게 빠지는 것뿐.
수많은 건축 요소가 어우러져 연주하는
교향악적 공간 유희에
감각 내맡기는 것뿐.

공간의 형태를 이루는 기하학과 구조,
그리고 그것을 둘러싼 테두리는
상상력으로 붙잡을 수 없는 불가지不可知의 형상.
바깥 상상을 허락하지 않는 공간 짓기 테크네.
놀라움과 함께 경이를 바친다.

무릇 전문가라 불리는 사람들은 자신만의 모종의 직업병 혹은 기벽이라고 부를 만한 다른 사람들이 이해하기 힘든 행동 양태를 보인다. 당연한 말이지만, 건축가는 무엇보다도 건물에 관심을 갖는다. 희한한 것은 갤러리, 미술관, 박물관 등에서도 그렇다는 점이다. 거기서는 건축가는 그림이나 조각이 아니라 건물에 주목한다. 다른 건축가가 지은 건물의 건축적 공과功過에 집중하고 분석하며 학습의 대상으로 삼는다. 마음이 온통 건물에 쏠려 있다. 작품들이 전시된 미술관에서 작품들이 아니라 그것들의 배경인 건물을 골똘히 쳐다보는 장면은 얼마나 우스꽝스러운가? 따뜻하게 보면 자신이 발 담근 영역을 끊임없이 갈고 닦는 구도자 모습이다. 그러니 하나의 '작품'이 된 도서관에서 건축가가 도서관 이용자와 전혀 다른 행태를 보이는 것은 양해할 일.

삶은 숭고하다.
오직 내부적이므로.
외부성인 죽음은
살아 있는 자는 모르며
죽은 자는
내부가 없다.
테두리를 알 수 없는,
순정한 내부이어서 출구가 없는,
바깥에 나가면 결코 들어올 수 없는 존재,

그것을 미로라 부른다.

출구를 찾는 자에게
미로는 감옥.
길 없는 혼돈이 두렵다.
이어지고 이어지는 무한의 신비와
실로失路의 선물인
낯섦의 기쁨을 모르는
질서의 신도.
그가 꿈꾸는 것은 오직 솟구침.
질서의 탈환.

드론은 어둠의 파괴자.
절대적 외부성에 이르는 독단의 외길.
계몽안鷄蒙眼을 구하는 자가 어디 없는가.

더 스탠더드호텔The Standard Hotel, Los Angeles 루프탑 바

앞에서 말한 건축가 샤로운의 두 작품은 외관이 수수하다. 이런저런 방식으로 직교 체계와 하나의 조형 질서를 벗어나 있지만, 야단스럽지 않다. 당대의 대세인 기능주의와 기계 미학에 비껴서 있지만, '나 좀 봐 달라!'라고 아우성치지 않는다. 화려한 외양에 비해 초라한 내면을 지닌 자와 정반대다. 샤로운의 내부는 조용한 외부 덕에 더 빛난다.

LA 다운타운에 서 있는 더 스탠더드호텔의 루프탑 바가 정확히 그렇다. 본디 남가주 석유회사 본부 용도로 1952년에 지어진 것을 호텔 사업가 발라츠André Tomes Balazs가 매입해 호텔로 바꾼, 외관이 범범해 전혀 존재감 없는 12층 건물이다. 십여 년간 폐가처럼 서 있던 사무실 건물을 호텔로 탈바꿈한 건축가 빌맨Claude Beelman은 본디의 건축 디테일들을 대부분 살렸다. 두 개 층 높이의 로비 벽 3미터 높이에 설치됐던, 15개의 다른 나라 시간을 전시했던 스테인리스(스틸) 시계, 출입구 위의 석유 굴착 장식 문양, 에스컬레이터 한 쌍, 흑백 대리석 바닥, S 형태의 문손잡이 등이 그렇다. 호텔 용도와 어긋난 요소들은 바로 그 낯섦 때문에 묘한 분위기를 자아내며 상상의 문으로 인도한다. 오랫동안 손이 닿은 것은 벤야민의 말처럼 아우라를 머금는다.

빛과 허공의 합작품.
한순간 숨 멎는 초현실적 공간.
보잘것없는 외양의 반전.

떠 있는 양탄자.
빙 둘러싼 주변 불빛 빌딩들은 모두 조명 기구.
수영장이 대낮 하늘처럼 파랗다.
동화 속 인물들이 손짓한다.

건축은 간혹 반反중력의 공간을 선사한다. '허공에 떠 있는' 느낌이다. 그로써 우리는 일평생 (피할 수 없는 운명으로) 종속되는 물질의 압박에서 벗어난다. 중력을 거스르는 경험은 반反자연적이어서 놀랍고 경이롭다. 물질계에서 벗어난 해방의 감각 혹은 인식은 진실로 시적이다. 바타이유Georges Bataille가 에세이 「자연의 탈선The Deviation of Nature」 첫머리에 들고 온 보에스튀오Pierre Boaistuau의 문장은 이러하다. "우리가 자연의 작품들이 반전反轉되는 것을, 훼손되는 것을, 삭감되는 것을 보게 하는 괴물들, 신동들, 그리고 혐오들보다 더 인간의 정신을 강력하게 깨우는 것은, 기쁜 감각들을 주는 것은, 경이를 가져다주는 것은 아무것도 없다."

공간은,
진정 공간적 공간은,
시간의 폭력을 중단시킨다.
공간은 오직,
그로써만 공간이다.
영원히 열리는 찰나.

절대적 간극.
존재는 탈脫-존存.
잇는 것은 단절.
존재하게 하는 것은 정신.

지옥은 허공.
공간 없는 공간.
집은 공간.
혹은 무無시간.

끊어야 한다,
끊지 않은 채.
멈춰야 한다,
멈추지 않은 채.

잇는 사이.
움직이는 중심.
자유정신,
혹은 영혼.

집이라는 공간에 대하여

공중에 떠 있는 발코니와 하늘이 내려앉는 옥상 테라스('테라스'는 '땅'을 뜻하는 '테라'라는 라틴어에서 왔다.)는 내가 집이라 부르는 건물에서 가장 사랑하는 일상 공간이다. 반지하야 두말할 나위 없겠지만, 내게 발코니 없는 오피스텔 혹은 다세대(나 다가구) 주택은 상상하는 것만으로도 갑갑하다. 어쩔 수 없이 애써 정들여 가며 살아야 할 곳이다. 발코니와 옥상 테라스는 원치 않는 주변의 시선으로부터 자유로워야 할 것이다. 시야에 멋진 풍경이 들어오면 더 좋겠다. 발코니 바로 앞에 큰 나무가 있거나 옥상 테라스가 푸른 산이나 파란 하늘(의 별)과 가까우면 금상첨화다.

발코니는 아파트의 백미.
영혼이 숨 쉬고 진동하는 공간.

나는 미치도록 내리는
세찬 빗줄기를 사랑한다.
차든 집이든 어디든

내가 머문 곳을 원시 오두막으로 만들어
깊이 잠든 이름 모를 동물을 깨운다.
나는 그때 비로소
태곳적 존재로 돌아간다.

태풍 몰아치는 여름밤이면,
작은 나무의자에 앉아
발코니 창 활짝 열고
질서 없이 들이치는 빗줄기로
자연의 날 감촉을 즐긴다.

행여 벗과 함께라면,
못 마시는 술 한 잔쯤도 좋으리라.

오래전 20세기 현대 거장 건축가 미스 Mies van der Rohe가 설계
한 시카고의 한 강변 아파트 Lake Shore Drive Apartments, 1951에서 잠
시 경험한 공간은 잊을 수 없다. 검은 철재로 지어진 직육면
체 형태의 이 고층 아파트는 수직 그리드라는 매우 중립적
외관을 지녔다(미스에게서 배운 김종성 선생이 설계한 도면
에 따라 1992년 착공해 1999년 완공된 서울 SK 본사 사옥
서린빌딩과 매우 흡사하다.). 거기 중간 어느 층에 살고 있
는 외국인 건축가 친구가 초대해 집 안에 들어갈 수 있었다.
거대한 검은 막대기 형상의 아파트는 중심부에 코아라 부

르는 계단과 엘리베이터 등이 있으며 바깥 변두리에 집들이 배치돼 있다. 그리고 각각의 집은 외부에 면한 쪽에 거실과 침실을 두고 그 안쪽으로 부엌과 화장실과 수납 공간을 둔 겹집 형태다.

저녁을 함께 먹고 어둠이 찾아들자 친구가 간단한 차를 내어왔다. 그리고 바깥을 향해 배치된 소파에 함께 앉아 "매직 타임!"이라며 실내등을 껐다. 그 순간 나는 마치 공중에 떠 있는 마술 벤치에 앉아 있는 느낌이었다. 제법 큰 간격을 두고 떨어진, 불 켜진 수많은 고층 사무소 빌딩이 시야를 채웠다. 초현실적이었다. "'건축적'이라 불리는 공간이란, 미스가 이 아파트에서 의도한 건축적 경험이란 이런 것이구나!"라는 깨달음이 감동과 함께 휩쌌다. 닭장이라며 폄훼하는 네모 건물이, 범범하게 보였던 모눈종이 공간이 이렇게 비범한 공간으로 변할 수 있다는 것이 참으로 놀라웠다.

옥상 테라스는 건축가가 집 위에 지은 '테라노바(새로운 땅)'다. 하늘과 만나는 장소로 티베트인이 타르쵸를 세우는 곳과 같다. 티베트인에 따르면 오색의 타르쵸가 떨며 파르르 내는 소리는 바람이 황포에 적은 글을 읽어 하늘에 전하는 신호다.

풍경이 아스라해지는

일몰이 까닭 모를 설움을 토하는 혹은
세속의 테두리를 여름밤 반딧불이 불빛으로 물들이는
무엇보다도
하늘이 나비처럼 내려앉는
홀로 선 테라노바는,
존재의 심연에서 피어나는
대상 없는 그리움을 안긴다.

어린 왕자가 마흔 번 넘게 보기도 했다는
일몰의 광경은
몰락하는 모든 사물이
사라지는 모든 존재가 남기는
못 이길 공백을 안긴다.

형상 없는 그리움.
갈 곳 잃은 길들.
토대 없는 바람.
어두운 어둠을 흔드는
늙고 외로운 이의 저녁기도 흩어진다.
허공 속에 소리 없이.

집 설계 작업을 대하면 늘 피천득 시인의 「이 순간」이 떠오
른다. 오래전 읽은, 집과는 아무런 관계없는 피천득 선생의

그 시는, 마치 니체의 느리게 나는 화살처럼 부지불식간에 가슴깊이 박혀, 집이 하나의 형상을 이루는 데 필요한 지침서가 됐다. 선생은 다만 네 개의 실존적 순간을 그려내고 있을 뿐이지만, 그 순간들이야말로 집이 집일 수 있는 핵심 내용이 아닐까 싶다. 별들을 쳐다보는 화려한 순간, 음악을 듣는 찬란한 순간, 벗들과 웃고 이야기하는 즐거운 순간, 그리고 허무도 어찌하지 못하는 글을 쓰는 순간. 집은 이 네 가지 순간들을 사실로 붙들어 줄 공간을 담보해야 한다. 단순화의 위험을 무릅쓰고 말하자면 천장이나 (옥상) 테라스처럼 하늘로 열린 공간, 소리가 벽을 타고 멀리 돌아오는 수직과 수평으로 크거나 길게 열린 공간, 벗들과 옹기종기 모여 살아가는 이야기를 나눌 카페 닮은 공간, 글쓰기에 집중할 수 있는 고요하고 편안한 작업 공간 등이 선생의 「이 순간」에 부응하지 않을까 싶다.

내가 사랑하는 집 공간은 필시 내 영혼에 처음 새겨진 모종의 원형 공간에 기원을 두고 있으리라. 내가 기억할 수 있는 가장 오랜 시점부터 성인의 나이에 이르기까지 살았던, 지금도 기억이 생생한 그 집의 공간 말이다.

방 한 칸, 작은 마루, 그리고 부엌으로 이뤄진, 내가 살았던 첫 오두막집은 근사한 곳에 자리 잡았다. 집 아래는 골목길이, 그리고 그 밑은 도랑이, 그리고 경사를 이루는 비탈에 집들이 다닥다닥 붙어 있어서 손바닥만 한 나무 마루에 다리를 대롱거리며 앉아 있노라면 동네 풍경이 한눈에 시원하고 자세히 들어왔다. 왼쪽으로 고개를 돌리면 신작로 난간이, 그리고 신작로가 잘라내는 두 풍경인 신작로 위로는 내가 다녔던 국민학교가, 신작로 아래로는 다른 동네 집들이 보였다. 오른쪽으로 고개를 돌리면 산들이 이루는 능선과 산들에 옹기종기 들러붙은 집들과 바다가 빚어내는 원경遠景이 아름답게 보였다. 바다 근처는 몇 개의 원통형 콘크리트로 구성된 밀가루 공장이 마치 코끼리처럼 서 있었다. 내가 발코니를 사랑하게 된 것은 그때 체화된 앞마루 공간 때문이 아닐까 싶다.

지금은 어디서도 경험할 수 없는,
내 몸뚱이 하나 뉘면 꽉 차는
햇볕 잘 들고 풍경 시원한
오랜 조그만 마루가 그립다.

비 오는 날이면
마치 은색 금실 나란히 치듯
걸터앉은 몸뚱이 밖에 물 커튼 치던,
손바닥에 튕기거나
활짝 핀 손바닥을 오르락내리락하며 마술 부리듯
빗물 아래 열린 보호 공간 만들던,

골 파진 지붕 아래
초라한 마루가 그립다.

거기 박힌 작은 사각 나무 기둥과
내 몸뚱이는 얼마나 자주 엉겼던가.
한 손으로 잡고 돌다가,
두 손으로 올라타다가,
머리를 괴다가,
다리를 올리다가,
그러다가 팔로 감싸 안은 채
오수에 빠졌던,
마루 기둥의 촉각이 그립다.
눈 제국에서 퇴출된
몸뚱이 감각들이 그립다.

집은 아니지만, 또 다른 내 원형 공간은 작아진 세상을 내
려다본 뒷산 중턱의 큰 바위다. 까닭은 기억나지 않지만, 열
살쯤부터 뒷산에 올라가 단단한 바위에 걸터앉아 오랫동안
물끄러미 도시를 내려다봤다. 내가 사는 세계가 한눈에 들
어오는 것도 그렇지만, 거기에 내가 사는 집이 손바닥보다
작아 보이는, 척도의 변화가 주는 묘한 즐거움에 빠졌다.

가까운 것은 손이

먼 것은 눈이 움직인다.
마음도
좋은 것은 가까이 가고
싫은 것은 멀어진다.
힘도 그렇다.
가까운 것은 내가 지배하고
먼 것은 통제를 벗어난다.

모든 것을 가까이 두려는
신-되기 욕망은
세계를 추동하는 가장 강력한 벡터.
기술과 자본이 맹목적으로 따라간다.

안식일을 잃은 현대인의 눈들.
세계의 변증법적 비밀을 놓친다.
먼 것을 가까이 두면
가까운 것이 멀리 간다는
뻔한 사실을.
더 가깝고자 하는 마음은
가까운 것마저 파괴한다는
뻔한 사실을.

세상 모든 것을 가까이 두려 하고

탐하는 대로 되지 않아 분노하고
매사 마음 일인 것을 몰라
어리석은 짓을 거푸한다.

먼 것은 좀 더 먼 곳에
가까운 것은 조금 덜 가까운 곳에 두는
하심下心이 사라졌다.

집은
안을 지키는
견고한 성城.

도적과 강도와 무례한 이가
침범할 수 없는 곳.
세계의 모든 바깥은
안의 응낙 없이
들어갈 수 없는 곳.
집은 오직
안의 환대로 열리는
문을 통해 들어가는 곳.

그로써
모든 존재 혹은 사물이

제 자리에
제 형식으로 머무는 곳.
그렇게 홀로 존재하는
사물들 혹은 존재들이
간격을 건너는
그런 장소.
혹은 공간.

집은
타자를 중심에 두고
타자를 환대하는 곳.
내 안의 타자,
내 밖의 타자,
집 안의 타자,
집 밖의 타자,
세계 안의 타자,
세계 밖의 타자,
때와 장소에 따라
다른 타자를 만나는 곳.

첫째 문은
내 얼굴.
내밀거나 거둬들이는

초대장
혹은 명함.

문손잡이는
타인과 나누는 (첫) 악수.

둘째 문은
선한 것을 가리는
벽사僻邪의 사천왕문.

"깊고 묘한 이치에 드는 관문"
혹은 "참선으로 드는 어귀"
현관은
세상 먼지 털어
마음 한 줌 챙기는 곳.

계단은
이카루스 날개.
땅과 하늘을 잇는
야곱의 사닥다리.
삶과 죽음을 잇는
오리
혹은 새.

침실은
부활을 꿈꾸며 죽음을 연습하는
무덤
혹은 관.

세신洗身과 세심洗心을 도모하는
욕실은
원시의 순수로 회귀하는
제의祭儀 공간.

집은
하나의 도시.
길과 광장과 집(방)들이 구조를 이루는 곳.
공간의 깊이와 형식의 완전성이
내밀성과 외밀성, 어둠과 밝음, 정靜과 동動, 열림과 닫힘,
불과 물,
그리고 자연의 우발성이
사려 있게 짜인 곳.

집은
하늘과 땅의 매개자.
땅에 뿌리내려
하늘로 치솟는 나무.

합리가 낭만으로 상승하고
낭만이 합리로 하강하는 곳.
잴 수 있는 공간으로
잴 수 없는 공간을 담는 곳.

집은
부활의 장소.
절대 평화와 기쁨 속에
아이로 돌아가는 곳.
계절의 변화와
무시간 속에
유위와 무위가 자유로이 끼어드는 곳.
생명과 자연이 접속하는 곳.
온 존재를 살리는 곳.

우리는 지금
집에 살고 있는가.

소리를 위한 공간

오래전 일이다. 영문학을 가르치는 여교수와 친한 친구와 한 해변 카페에서 커피를 마시며 이야기를 나눴다. 낯선 사람들을 만나면 때때로 건축 설계를 오래 가르쳐온 직업병 때문인지 호기심이 발동해 이렇게 불쑥 물었다. "집을 짓게 된다면 어떤 집을 짓고 싶습니까?" 아직도 그 일화가 생각나는 것은 예기치 못한 여교수의 대답 때문이다. 그는 단호하게 대답했다. "비 오는 날 빗소리가 아름답게 들리는 집을 짓고 싶어요."

비는
테두리 모호한
묘한 공간을 만든다.
시냇물 흘러가는 소리로,
나뭇잎 때려내는 소리로.
혹은
창문 때리는 소리로,
벽에 매달린 쇠붙이 때리는 소리로.

어떤 소리는 선 공간을,
어떤 소리는 구두점 공간을.
어떤 소리는 면 공간을,
또
어떤 소리는 깊고 둘러싸는 공간을.

비는
인간 세계 너머
특이한 공간을 만든다.
땅과 만나 군무群舞의 공간을,
땅을 딛고 상승하는 공간을.
상상할 수 없는 이상한 웅덩이 윤곽을.

착지점들이 퍼지는 비는
원추형 천막 공간을,
허리 잘린 비는
움직이는 추상화를,
물과 만나는 비는
개구쟁이 놀이 공간을 만든다.

옷 입고 샤워하듯
비에 흠뻑 젖어 걷던
내밀한 원시 감각이 그립다.

나는 억수로 내리는 비를 몹시 좋아한다. 하염없이 펑펑 내리는 눈도 좋아한다. 그때 세상은 매우 특별한 벽을 세워 나를 나로서 온전히 존재하게 해주기 때문이다. 그때 나는 일상 세계가 돌아가는 톱니바퀴가 멈출 것 같은 즐거운 상상에 쉬이 빠진다. 어릴 때 얼마나 자주 소망했던가? 그리하여 상상했던가? 학교를 갈 수 없을 지경이 되도록 해주는 온갖 형태의 천재지변을.

지리산 어느 산장 옆 개울이
밤과 낮으로 콸콸거렸다.
소리가 공간을 흔들었다.
벽과 바닥과 천장을 비非물질화시켰다.
문과 창을 투명하게 만들었다.
비는 공간을 유동시킨다.

문득
비 그치고 보름 하루 넘긴 달이 떴다.
태양같이 밝고,
평생 본 달 중 가장 컸다.

문득
공간이 멈췄다.
텅 빈 허공을

벌레들이 채웠다.
알아들을 수 없는 뭇소리들.
무엇이 그리 간절했을까.
내 몸 어디 진저리치게 사무치는
무엇이 똬리 틀고 있을까.

이 또한 오래전의 일이다. 명동성당에 들어섰다. 전적으로
우발적으로. 그것밖에 생각나지 않는다. 모종의 미사가 진
행 중이었다. 불가지론자인 나는 공기에 압도돼 빈 좌석에
앉았다. 신부님의 말들. 그리고 이어지는 신부님과 비슷한
운율의 신도들 말들. 말들이 울렸다. 그와 함께 공간이 진동
했다. 성가대가 부르는 성가는 뒤에서 발원해 앞으로 올라
가서 하강했다. 소리들이 깊고 낮게, 그리고 높고 낮게 회절
回折하며 공간의 형태를 드러냈다. 아마 고딕 성당의 그레고
리안 성가가 이러했으리라. 어떤 소리는 위에서 떠돌고, 어
떤 소리는 지면에 붙었다. 어떤 소리는 밀물과 썰물의 리듬
을 만들고, 어떤 소리는 왈칵, 또 어떤 소리는 실처럼 가늘
게 왔다.

어떤 소리는 공간뿐 아니라 마음까지 울린다. 어린 왕자가
말했듯 다른 발소리들은 위협적이거나 소음에 불과하지만,
'네 발소리'는 마치 음악처럼 나를 설레게 한다. 내 몸을 불
러내어 문밖으로 나가게 하고 거기서 너를 맞게 한다. 송창

식이 부른 노래 〈비의 나그네〉는 이렇게 시작한다. "님이 오시나 보다 / 밤비 내리는 소리 / 님 발자국 소리 / 밤비 내리는 소리 / 님이 가시나 보다 / 밤비 그치는 소리 (…)." 그러므로 오기를 기다리는 그리운 사람이 있거든 발판을 소리 나는 것으로 만들어야 하리라. 그리하여 소리가 내 가슴을 뛰게 해야 하리라.

괴테는 건축이 동결된 음악이라고 했다. 건축이 음악의 구조와 색깔과 리듬을 지녔다는 뜻이겠다. 풀어 말해 보자면 건축이라 부를 만한 건물에서는 모든 요소가 비례에 따라 조화롭게 배열되고, 공간의 높이와 깊이와 폭이 리듬감을 갖고, 빛과 어둠의 강도가 대위법의 대비를 이루고, 전체 분위기가 모종의 감정을 건드려 특이한 감각의 세계를 형성하고 있다는 뜻이겠다. 음악이 한정된 시간의 흐름으로 고유한 공간을 지어나간다면, 그것이 동결된 공간인 건축은 빛의 변화나 몸의 움직임에 따라 운율과 리듬을 펼쳐낸다. 그리하여 건축은 살아 있는 존재의 한순간을 동결해 상상의 공간에서 해방할 수 있다. 마치 작업실^{Studio} 연작에서 사물들을 관통하는 새의 순간을 붙잡은 화가 브라크^{Georges Braque}처럼.

숨겨진 공간

비밀의 공간 혹은 비밀스럽게 보이는 것은 모두 마음을 건드린다. 오솔길처럼 굽은 작은 길이 그렇고, 자그맣게 난 샛문이 그렇고, 문이나 담장 너머 전모가 드러나지 않는 풍경이 그렇다. 옛집, 특히 선비들이 살던 기와집 공간들은 거의 다 그렇다. 담장은 그리 높지 않아 밖에서도 집 안이, 대문을 들어서면 안채가, 이곳에 서면 저곳이, 저곳에 서면 이곳이 은근히 보인다. 움직일 때마다 새롭게 펼쳐지는 공간은 봄철 노란 병아리처럼 기쁨을 주고 생명(감)을 약동하게 한다. 담양 소쇄원의 제월당 마루에 앉으면 멀리 산 넘어가는 길이 그리움을 피운다. 은근한 공간은, 자신을 보여주기 위해 애쓰는, 숨기기보다 드러내기 위해 경쟁하는 뻔뻔한 포르노그래피적 시각 문화가 지배하는 오늘날, 특히 소중한 공간 유산이다. 그것에 주목하는 건축가는 거의 없다. 온통 드러나 한눈에 다 보이는 존재는 폭력적이거나 유치하거나 음란하다. 정면에 있는 대문은 뻔뻔하거나 매력 없다. 문에 들어서자마자 화장실이 보이는 건 볼썽사납고 순식간에 공간의 품격을 떨어트린다.

석양이 드리운
겨울 그림자 끝자락처럼
스쳐 지나간 입춘의 바람처럼
귀한 것들이 그렇게 다 저물어
언제부턴가 가슴 경화로
숨 쉬기가 힘듭니다.
기력이 빠집니다.

몰락한 것들은
다 사연이 있겠습니다만
새 물건들이 폐기해버린 헌 물건들처럼
휭 팽개치고 돌아섭니다.

미련이나 애석함은
빛 속도로 외면해야 할
낯선 늙은이 몸입니다.
시장 밖 귀퉁이에 쪼그리고 앉아
산나물 다듬는.

우리가 사는 세상은
머리 없이 얼굴만 가진
AI 로봇처럼
뒤가 없습니다.

스펙이 옆얼굴(프로필)도 없애고 있습니다.
세월 가는 속도만큼 빨리.

가면 쓴 얼굴은 신비롭습니다. 이슬람의 히잡^{Hijab}이나 부르카^{Burka}처럼 우리나라 여인들도 아주 오래전부터 얼굴 가리개를 썼습니다. 당시는 젠더 불평등의 소산이었지만, 적어도 얼굴을 둘러싼 억압이나 불평등이 이제 없는 세상에서는 전적으로 새롭게 다가옵니다.

최인호가 작사하고 송창식이 작곡해 부른 〈고래사냥〉은 이렇게 시작한다. "술 마시고 노래하고 춤을 춰 봐도 가슴에는 하나 가득 슬픔뿐이네. 무엇을 할 것인가 둘러 보아도 보이는 건 모두가 돌아앉았네." 지금은 모두가 보이기를 원하는 세상, 누구도 돌아앉지 않는 세상이다.

건물들이
사람 잘 보는 쪽을 향해 온통 드러내려 애쓴다.
간판들이
보이려 싸운다.
먼저, 가장, 잘.

요란하게 치장한 앞모습.
아무렇게 방치된 뒷모습.

수많은 사람이
매체에서 북적인다.
멋지게 보이는 가장假裝 행렬.
구(걸)하는 전시장.
보일 것과 보이지 말아야 할
경계선이 너무 분명하다.
또한 없다.

은적隱跡의 공간, 독락당.

산자락 아래 낮게 앉은 집.
대문 없는 솟을대문이 위풍당당하다.
담장들이 지붕 빼고 다 가린다.

행랑채 모퉁이 비워진 누추한 한 칸은
누구든 통과하는 공간.

시야에 비껴 선 출입문들.

계정으로 인도하는 마당 담장.
땅 창문이 물과 바람을 초대한다.

담 밖에 떠 있는 계정은

자연에 온통 열린 무아無我의 공간.
자신의 거처를 외인싸ㅅ인 양 바라본다.
가히 탈존脫存의 공간이다.

곰곰이 생각하면 가면 아닌 얼굴은 없습니다. 우리의 얼굴은 우리가 구조 지워진 사회의 자리나 위치에 따라 다양한 모습을 띱니다. 어떤 상황에서도 변하지 않는 언행과 표정으로는 사회적 삶이 불가능합니다. 선생의 자리에서는 선생의 얼굴을, 아빠의 자리에서는 아빠의 얼굴을, 아들이나 딸의 자리에서는 그에 맞는 얼굴로 그에 맞게 처신해야 합니다. 정치인은 정치인의 얼굴을, 의사는 의사의 얼굴을, 스님은 스님의 얼굴을 가져야 하듯 우리는 여러 개의 얼굴을 가져야 합니다. 또다시 곰곰이 생각하면 우리는 어쩌면 가면(사회적 자아) 안에 있어야 하는 것으로 생각하는 진짜 얼굴(진정한 자아)이 과연 있는지 의문입니다. 진짜 얼굴은 우리가 원하는 얼굴로 우리 자신이 만들어가야 할 프로젝트가 아닐까 싶습니다. 혹은 우리가 우리 자신과 오래 정직하게 대화하며 발견해야 할 얼굴이 아닐까 싶습니다.

보이는 것은 얼굴.
보이지 않는 것은 마음.

온통 얼굴(가면)인 몸.

혹은
몸이 된 마음.
가면 뒤
얼굴은 있는가.

얼굴과 마음이 끊겨
둘 모두 덩그렇다.

무엇을 가리고 있다는 인식은 그 뒤의 것에 대한 궁금증을
유발합니다. 욕망은 법(금지)의 소산. 파라시오스^{Parrhasios}와
제우시스^{Zeusis}의 그림 대결 이야기는 유명합니다. 새들이 날
아들 만큼 진짜 같은 포도를 그린 제우시스는 베일을 그린
파라시오스에게 베일 뒤의 것을 보여달라고 하는 순간 패
합니다. 은폐된 것과 금지된 것에 대한 호기심은 인간이 지
닌 자연적 성향입니다. 버크^{Edmund Burke}에 따르면 호기심은 우
리가 인간의 마음에서 발견하는 첫 번째 가장 단순한 감성
입니다. 아인슈타인은 이렇게 말했습니다. "호기심이 공식
적인 교육에도 살아남는 것은 기적이다." 버나드 쇼는 첫사
랑이란 약간의 어리석음과 엄청난 호기심이라고 했습니다.
『팡세』의 저자 파스칼은 호기심을 허영으로 폄훼했습니다.
과학자들은 호기심이 보상^{報償}과 연관됐다고 생각합니다.

애써 숨기는

들킬 마음.
그런데 그 마음,
정녕 들킬 만한 마음인가.

고립된 사물, 응축의 공간

바위처럼 단단한, 주변의 사건 사고에 무심한 채 오롯이 자신으로 머무는 사물 앞에 서면 마음에 알 수 없는 파장이 너울처럼 일렁거린다. 그토록 오랜 세월 세상 풍파에 저항해온 힘 앞에 머리가 숙여진다. 저항하는 존재는 반항하지 않는다. 바깥 대상과 무관하기 때문이며 오직 자신과 대결하기 때문이다. 모든 단단한 존재는 빛과 어둠 안에서 성스럽게 나타난다. 단단함은 빛과 어둠 속에서 더 찬란하게 현상한다.

백 년을 넘겨 사는, 살 뿐 아니라 작업에 몰두하는 독일 건축가 뵘Gottfried Böhm의 대표작 〈순례자 교회Maria, Königin des Friedens pilgrimage church, Neviges, Germany〉는 경이롭다. 청년기의 산처럼 날카롭고 단단하게 지어낸 콘크리트 덩어리가 빛 속에서 성스럽게 침묵한다.

거대하고 단단한 바위.
그 앞에 서면 어찌할 수 없다.

잠시
마음 챙겨
영원에 닿으려는
응축의 힘에
머리 숙일 뿐.

나는
이토록 찰나구나.
이토록 허약하구나.

해를 바라보는 암자라는 뜻을 가진 여수의 향일암向日庵은
바위들과 바다를 품은 까닭에 많은 이의 발길을 끈다. 어디
서 어떤 연고로 바위들이 이토록 많이 여기 모여들었을까.
원효대사가 해 뜨는 바다 앞에 암자를 지은 것은 어떤 사연
일까. 가시 하나 박혀도 쩔쩔매는 우리 몸으로 아득하게 긴
세월을 견딘 바위들을 만나는 경험은 결코 예사롭지 않다.
영험한 도량道場에 돈 욕심이 끼어드는 것이 안타까울 뿐. 두
세 번 들르니 장사 속내가 보여 마음이 허하다. 진안 마이
산 탑사로 발길 돌려 또 다른 바위들과 돌들로 마음을 달랜
다. 시간이 넉넉하거든 해남 달마산으로 옮겨 돌과 하늘이
만나는 절경에 빠지는 경험도, 인간이 얼마나 나약한 존재
인지 깨닫는 것도 좋으리라. 하늘과 가장 가까운 미황사 암
자 도솔암에서 보는 풍경이 특히 그러하고, 달마산의 달마

고도도 무뎌진 우리의 감각을 깨우는 데 좋으리라. 예사롭지 않은 바위들과 시간을 보내며, 우리 민족이 그토록 오랜 기간 온갖 외침과 지배를 견뎌 지금까지 생명을 유지해온 것은, 우리나라 곳곳에 예사롭지 않게 크고 단단한 바위들이 있기 때문은 아닐까 싶은 터무니없는 생각이 불현듯 든다.

변치 않고 오래 머무는 존재는 고립된다. 세상은 변하기 때문이다. 고립된 존재는 자신뿐 아니라 자신이 살아낸 세계(의 변화)를 간직한다. 고립된 존재는 하나의 모나드^{monad}, 곧 세계를 비추는 하나의 단자^{單子}다.

광화문에는
타일 옷 입은
유일한 도심빌딩
이마^{利馬}가 서 있다.

단단하고 오래 머문,
그러므로
고요하게 고립된,
평범해서 비범한,
오래전
마흔 나이에 세상 떠난
건축가 홍순인의 작품이다.

먼 데서는 강하나
가까이서는 세심하고 부드럽다.
정적이면서 동적이다.

건물이 말을 이롭게 한다는데
나는 무엇을 이롭게 하는가.

단단하고 무거운 것이 없으면 가볍고 무른 것도 없다. 모든 대립자는 쌍으로 성립하기 때문이다. 우리의 집들과 건물들은 무겁지도 가볍지도 않다. 단단하지도 무르지도 않다. 영원성도 찰나도 아니다. 우리 세상은 이것도 저것도 아닌 도중의 것(지그문트 바우만의 액체 현대성)으로서, 모든 것이 한시적이다. 영원히 살 집도, 영원히 함께 살 것이라 믿는 친구도 파트너도 없다.

집은 집이 아니다.
잠시 머물다 떠날 여관이다.
혹은
더 비싼 값에 팔아넘길
잠정적 상품이다.

집을 짓는 사람들은 이제
한시적으로 서 있을 집을 짓고

입주하는 사람들은 이제
당분간 살 집에 들어가고
집에 사는 사람들은 이제
언젠가 나갈 집에 산다.
우리 모두 당분간 존재.
뜨내기.
부초.

우리의 집과
우리의 사랑과
우리의 신,
우리 자신,
모든 것은
돈의 볼모.
우리는 우로보로스.

기다림의 공간

우리는
카이로스를 먹어치운
크로노스 왕국 신민.
이미 오래전
기다리는 법을
잊었다.

빈 공간은
물건들로 채우고
문들과 창문들은
꼭꼭 잠근다.

도적을 위한 창도 없고
산타클로스를 위한 굴뚝도 없다.
바람도 비도 눈도
들어올 틈이 없다.
그대를 위해

살며시 열
문도 없다.

텅 비운 무대는
일어날 것만 일어나고
문밖은
들릴 소리만 들린다.

꽃이 때 없이 피고
채소가 제철 없이 나오고
무엇이든
언제든
모든 것을 살 수 있는
만물상회 세상.

우리는
속도의 중독자요
연속성과 축적의 신자信者.
이미 오래전
끊기와
멈추기와
덜어내기를
잊었다.

레테^{Lethe} 강물을 마신
우리는
이승에서 저승을 산다.

며칠 전 눈 내리는 날 안산에 올랐다. 2월 중순의 눈이 올겨
울 첫눈이니 이상기후인 셈이다. 언제부턴가 이상기후가 다
반사라 딱히 이상하다 하기는 어렵다. 때로는 펄펄, 때로는
휘날리며 내리는 눈. 안산은 한창 설경이고, 사람들은 스마
트폰으로 사진 남기기에 여념 없다. 주로 늙은이들이지만,
청춘들도 뜨문뜨문 보인다. 아름다움에 취해 추위도 불편
도 아랑곳없다.

소음과 색깔은 생명계의 표지이니 눈은 죽음의 공간인가?
새들도 침묵하게 만든 하얀 모노크롬 세상. 존재하는 모든
사물을 덮어 온갖 차이를 지운 원점의 세계. 눈 내린 풍경과
눈 내리는 풍경은 모두에게 아름답다.

어떤 존재는 비를 기다리고
어떤 존재는 바람을 기다리고
또 어떤 존재는 눈을 기다린다.
그때 비로소 사라지기 때문이다.
그는,
그 사물은,

나타나기 위해
매 순간 애쓰는 세상에서
사라지기 위해
기다린다.
해탈의 법열法悅을
아는 까닭에.

문경 봉암사는 석가탄신일 단 하루 개방한다. 희귀성은 귀
하다. 귀한 것은 사람들이 목을 맨다. 인간은, 공간은 어찌
할 수 있지만, 시간 앞에서 전적으로 무기력하다. 죽음이 그
렇다. 안식일이 신의 시간이듯, 봉암사는 그때 중생의 공간
이다. 기다리는 자에게 주어지는 비非일상의 세계다.

그대가 태어난 날
그대가 언약한 날
그대가 죽은 날
그 모든 특별한 시간이
Windows 10처럼 열리고 닫힌다.
안식일이 찾아와도
세속사가 계속된다.

신을 죽인 인간은
시간마저

착복한다.
회생한 변종變種 신들은 모두
인간의 충복忠僕.

오래 살아낸 사물

문경 봉암사 극락전이 그렇듯
오래 살아낸 사물은
신이 머문다.

무량無量한 것들이 그렇듯
길고 긴 세월이
눈 덮듯
인간계를 덮는다.

풍파에 오래 닳은
옛,
늙거나 낡은,
그러므로 편안한
외관 안에,
그러나 불편한,
타자성이 있다.
번역할 수 없는.

가까이 갈수록 멀어지는
거리.
붙잡을수록 빠져나가는
비非물질성
혹은 반反물질성.
그리하여 우리가
몸뚱이 마음인 것을.
마침내
인간인 것을.

내 삶의 현장을 둘러보니 오래된 사물이 그리 많지 않다. 기
껏해야 25년 묵은 것 몇 개가 고작이다. 혈족을 빼면 사람
들도 그렇다. 포도주와 친구는 오래될수록 좋다는데 오래
묵은 친구는 멀리 있고, 가까이 있는 친구들은 성상을 넘긴
이가 드물다. 톨스토이가 『안나 카레리나』에 쓴 글이 떠오
른다. "행복한 가정은 모두 엇비슷하고, 불행한 가정은 불
행한 이유가 제각기 다르다." 홀로 남아 있는 이유는 제각기
다르겠지만, 우리 모두 나이가 들어가며 친구들과 멀어지
게 된 것은 각자 살아가는 삶의 형식과 내용이 달라지기 때
문이리라. 그리하여 이야기거리가 없어지기 때문이리라. 그
러니 죽을 때까지 함께 할 벗이란 과연 세상에서 가장 귀한
존재이리라. 떨어진 개인들을 하나로 (잠시나마) 연결해줄
차이와 동일성이 함께 깃든 감각과 이야기가 절실하다.

오래 묵은 것들은 부드럽고 편안하다. 날카로운 것들이 세
파에 닳아서다. 그런데 바로 그 까닭에 우리의 호기심을 자
극하지 않는다. 탐구의 열정을 촉발하지 않는다. 오래 묵었
으나 만날 때마다 우리 영혼을 건드리는 것, 그것을 우리는
'고전'이라 부른다. 고전 작품은 무수한 세월의 성상에도 생
명력을 잃지 않을 뿐 아니라 때때로 새로운 생명으로 태어
난다. 바흐가 대표적이다. 들어보지 못한 바흐의 곡을 들을
때 나는 그것이 바흐라는 것을 직감하면서 그와 동시에 거
기서 때로는 미묘하고 때로는 예상치 못한 느낌을 갖는다.

나는 대단한 것이라고 떠들어대든 말든 우리 당대 음악들
과 영화들에서 고전이 지니는 깊이나 넓이를 발견하기 어려
워 고전 음악만 듣는 편이다. 대중 음악은 아예 무관심하고
세상을 요란하게 한 봉준호 감독의 〈기생충〉도 그리 탐탁
하지 않다. 그런 면에서 나는 다음의 부코스키^{Charles Bukowski}
의견에 크게 공감한다. 레코드가 수백만 장씩 팔리는 작곡
가는 자신이 진짜 '예술가'라도 되는 줄 알지만 끔찍하고,
비평가들이 대단한 영화라고 난리를 떨어대도 막상 보고
나면 사기당한 기분이다. 그들이 대단하다고 말하는 건 다
른 영화와 비교해서 그럴 뿐이다. 그들은 "전체적으로 조망
하는 능력"이 없다. 부코스키가 동시대 작가들에게 퍼붓는
비판은 무섭다. 그들은 지겨움을 넘어 완급 조절도 없고, 눈
이 번쩍 뜨이거나 참신한 것이 없다. "도박 끼도 불꽃도 활

력도 없다." 한마디로 "거친 맛"이 없다. 부코스키는 평생 자신을 위험한 상황으로 내몰아 거친 삶을 살았으며 라디오로 고전 음악만 들었다.

내가 한국에서 즐겨 찾기를 좋아한 곳은 고찰들이다. 요즘 가보면 어김없이 실망해 발길이 갈수록 줄어든다. 다 그놈의 돈 때문이다. 교회나 절도 돈 바람에 휘말려 수준 높은 공간의 감각을 망가트려 안타까울 뿐, 가슴 아플 뿐, 달리 할 말이 없다.

게다가 막 나왔으면서도 오래 묵은 듯 위장한 이른바 '빈티지' 디자인은 보기 역겹고 기술이 무섭다. 억겁 세월(의 감각)마저 클론해내는 세상이 끔찍하다.

세상 탓인지, 공간에 대한 애정도 내게는 언제부턴지 새 영역이 생겼다. 세상에서 떨어져 나와 오직 자신의 힘과 자신의 형식과 자신의 논리로 존립하는 존재를 마주하면 일종의 신성성을 느끼고, 돈으로 살 수 없는 것들과 기능이나 효율에서 벗어난 것들이 다 사랑스럽다. 나는 그 영역에 속한 것들을 묶어 감히 '시적'이라 형용한다. 겹 지붕 아래 단 한 칸의 공간을 간직하는 문경 봉암사 극락전은 시적이다.

가치 없는 공간

필요한 것들은
무엇을 위해 필요한가?
빵과 장미를 살 돈이 아니거든
돈은 휴지.

빵은 장미를 담는 화병.
정치와 경제는
예술이나 철학,
혹은
사색이나 놀이를 위한 도구.

필요한 시간은
뭘 하기 위해 필요한가?
놀이나 작업,
기도나 사랑.
이것들을 위한 시간이 아니거든
시간은 고통.

놀이는 무익의 기쁨을.
작업은 창조의 기쁨을.
기도는 반성의 의미를.
사랑은 생명의 의미를.

신명 나게 놀고 있는가?
작업에 빠져 있는가?
감천感天할 지성至誠을 드리는가?
누군가와 무엇을 사랑하는가?
그리함으로써
우리 자신의 자아를 때때로 잃는가?

문득 어디선가 읽은 다음의 이야기가 떠오른다. 새벽 일찍
작은 어선을 막 출항하려는 어부에게 누군가 물었다. 뭐 하
려고 이렇게 일찍 나가나요? 물고기 많이 잡으러. 물고기는
많이 잡아 뭐 할 건가요? 돈 벌어 밥도 먹고 배도 한 척 더
늘리려고. 배는 한 척 더 늘려 뭐 할 건가요? 돈을 더 벌려
고. 돈을 더 벌어 뭐 할 건가요? 큰 배 사려고. 큰 배는 사서
뭐 할 건가요? 돈을 더 많이 벌려고. 돈을 더 많이 벌면 뭐
할 건가요? 돈 많이 벌면 일 안 하고 놀려고. 그럼 지금 놀면
서 일하면 되지 않나요?

인간을 인간이도록 만드는 것, 삶을 살 만한 것으로 만들어

주는 것은 기능이나 효율성, 돈벌이가 되거나 생산적인 것이 아니다. 시장에서 팔거나 살 수 있는, 돈으로 환원할 수 있는 것이 아니다. 심지어 무게나 부피를 잴 수 있는 것도 아니다. 그것은 우리가 살아 있다는 사실을 실감하게 해주는 것, 우리가 비로소 인간으로 살고 있다는 충만한 감정을 느끼게 해주는 것이다. 그것은 자본주의 세상에서 '불필' 혹은 '가치 없음'이라는 낙인이 찍혀 있다. 사람들은 일하느라 바빠서 놀 시간이 없다. 기도할 시간도 없으며, 더더구나 돈이 되지 않는 시를 쓰느라 애쓰거나 고사한 나무를 소생하기 위해 오래오래 물 주며 기도하는 시간이 전혀 없다. 시심詩心과 탈속의 기氣를 잃으면 삶이 무뎌져 쥐도 새도 모르게 사라진다.

시인과 수사修士와 학인學人과 철인哲人이
천민인 세상.
정치꾼과 장사꾼이
양반인 세상.
예능인이
명예를 독점한 세상.
잡인들이
단체의 장을 꿰차는 세상.
정치가
사이비 종교로 변한 세상.

지혜가
정보로 변한 세상.
적선이
금권의 금기가 된 세상.
아름다움이
고가 상품이 된 세상.
종교가
비즈니스 아이템이 된 세상.

세계적 '스타키텍트(스타+아키텍트)' 게리Frank Gehry의 작품
은 불필로서 가치를 획득한다. 불필을 빼버리면 모두 그저
범범한 건물이 될 뿐이니 불필이 그의 건축에 얼마나 중요
한지 알 수 있을 것이다. 그의 최근작 〈루이비통 메종 서울〉
도 그렇다. 사각형 기하학으로 구성된 평범한 몸체 앞에 날
아갈 듯 가벼운 비정형 유리 구조물을 덧붙였다. 아흔을 넘
긴 그가 50여 년 전 그리스 델포이 미술관에서 보며 자신도
모르게 눈물을 흘렸다는 마부 청동 조각상에서 영감을 얻
었다니 어떤 강렬한 경험은 참으로 오래 남아 우리의 삶에
큰 영향을 미친다는 사실이 놀랍다.

건축을 건축하는, 그래서 건축가의 건축가라 부를 수 있는
'페이퍼 아키텍트' 중 한 사람이었던 레비우즈 우즈Lebbeus
Woods가 죽기 직전에 구현한 생애 최초의 실제 작품 〈빛 파빌

리온^{Light Pavilion, 중국 청도})은 시적 공간의 백미다. 그의 친구였던 유명한 건축가 스티븐 홀이 설계한 복합 용도 상업 건물 전면부의 네 개 층을 상자처럼 도려낸 보이드에 지은, 그래서 '건축 안의 건축'이 된 그것은, 어떤 현실적 쓸모와도 거리를 둔 채 "우리 경험의 범위와 깊이를 확장하는 것", 그러니까 새로운 차원의 공간을 만나는 것만 겨냥했다. 나는 비록 그 현장에 가보지 않았지만, 구글의 이미지들만으로도 그것이 어떤 경험일지 상상하게 하는 즐거움에 빠진다.

상품 소비 사회의 압박에서 벗어난 몇 안 남은 불필 중 가장 마음을 끄는 것은 폐허다. 오랜 문명의 흔적은 지구 어디서나 찾아볼 수 있지만, 특이한 내러티브를 간직한 경주의 감은사지는 마음을 묘하게 끈다. 서너 번 찾았지만, 아름다웠던 풍광에서 내가 기억해낼 수 있는 공간감은 쓸쓸함과 신비다.

천년 품어온 돌들.
돌들이 이루는 아름다운 형상들.
얼마나 많은 고사목을,
숱한 생명이 지는 것을,
지켜봤을까.
매일 떠오르는
동해 해를 맞으며.

용이 된 왕이 드나들
장대석 아래 공간.
우리가 지어낸 공간은
누구를 위한 것이며
무엇을 위한 것인가.

하늘은 버리고
오직 땅만 가진,
새 머물 곳 없는 세상에
우리가 세울
솟대는 무엇인가.

감은사지 바람처럼
스쳐 갈 우리.
폐허로도 못 남는다.
저녁놀이 피보다 붉다.

앞서 떠난 사람들은 저승에서 뭘 하고 있을까? 저승은 어디
며, 그들은 어떤 모습일까? 원소들로 분해되고 다른 원소들
과 결합해 오늘 부는 바람이 되어 스쳤을까? 잠시 붉은 노
을이 되었다가 어느 맑은 곳 한여름 어스름 시간에 풍선처
럼 떠오르는 반딧불이 불로 머물까? 하늘로 돌아가 하나의
별이 되었을까?

오래 산 사람들은 죽고 없다.
늙은이들은 그림자다.
옛 친구들은 뿔뿔이 흩어졌다.
옛 가구들은 수많은 이사로 어느덧 사라졌다.
도서관은 연구실 책 기증을 마다한다.

스마트폰은 매년 갱신된다.
진열장은 새것만 담는다.
골동품이 안 보인다.
오래 묵은 장이 없다.
김장 김치가 없다.

주름은 없애야 할 노인의 표식.
과거는 끊어야 할 현재의 족쇄.
역사는 즐겨야 할 예능의 재료.

납작한 존재들은 더 납작하기를,
그리하여 마침내 투명하기를
오늘도 겁나게 욕망한다.

검이불루 화이불치

'검이불루 화이불치儉而不陋 華而不侈'. 검소하되 누추하지 않고,
화려하되 사치스럽지 않다. 백제 온조왕이 새로 지을 왕궁
을 두고 당부한 것으로 전해지는 말이다.

온조왕은 백제의 왕이니 그의 탁월한 미학적 식견을 백제
의 건물, 좀 더 범위를 넓혀 현대 세계가 도래하기 전, 곧 조
선 시대 건물까지 확장하고 적용해 해석하는 것은 그리 특
별하지 않다. 그리하는 것은 우리가 물려받은 탁월한 유산
을 온전히 이어가는 것이 아니다. 우리의 전통을 제대로 계
승하는 길은, 옛것에 대한 해석의 시점을 '지금 여기'로 잡아
온고이지신溫故而知新 혹은 법고창신法古創新을 도모하는 것이다.

나는 온조왕의 미학 개념을 건축적으로 간단히 이렇게 풀이
한다. 검이불루는 비싼 재료는커녕 도리어 달동네에 흔히
쓰이는, 가운데 구멍이 있는 시멘트 블록과 같은 싼 재료를
비례에 잘 맞춰 아름다운 형식으로 빚어내는 것으로써, 그
리고 화이불치 역시 싼 재료를 써서 기능적으로 필요한 크

기나 스케일을 초월하는 공간을 지어내는 것으로써 도달할 수 있는 미학적 상태다.

거기에 따라 '검이불루 건축'의 대표로 꼽을 수 있는 것은 고 이종호와 양남철 선생의 〈팜파스'홍천휴게소'〉와 〈율전교회〉다. 내가 판단하건대 비록 화이불치의 지경에는 이르지 못했지만, 이 두 작품은 검이불루의 관점뿐 아니라 건축적으로나 미학적 관점에서도, 그리고 그 둘 혹은 각각 개별적으로 그 이후 지어낸 모든 작품뿐 아니라 1990년대 이후 한국 건축가들이 지어낸 수많은 건물 중에서도, 주저 없이 손가락으로 꼽을 만한 수작이다. '홍천휴게소'는 콘크리트와 시멘트 벽돌에 흰 페인트를 칠하는 등의 변형이 가해졌고, 율전교회는 구글로도 찾을 수 없는 것을 보면, 본디의 모습을 볼 수 없는 것 같아 안타깝다.

영국의 세계적 건축가 치퍼필드^{David Chipperfield}가 설계한 용산역 맞은편의 〈아모레퍼시픽 본사〉는 '화이불치 건축'의 대표로 꼽을 수 있겠다. 이조 백자에서 영감을 받았다는 건축가는, 시끄러운 도시에서는 오히려 백자처럼 고요한 공간이 더 웅변적이라고 했다. 매우 적실한 말이다. 그런데 비록 맨콘크리트로 거대한 보이드를 아름답게 지어냈으나 스케일, 금속 재료, 모든 면에 설치한 2만여 개의 루버, 조명 처리 등이 사치스러워 검이불루의 지경에는 올랐다고 말하기 어렵다. 그러므로 검이불루와 화이불치의 지경 모두에 온전히 오른 건축은 아직은 이렇다 할 작품이 눈에 보이지 않는 셈이다. 그러니 우리가 응전해나갈 만한 도전적 건축 프로젝트가 아닐까 싶다.

그뿐 아니라 나는 '검이불루(와 화이불치)'를 우리의 공공 건물 디자인 필수 지침으로 삼아야 한다고 생각한다. 되도록 적은 비용으로 최대한 격조 높은 공간을, 심지어 그것을 넘어 단순히 격조 높은 공간을 넘어 공공성을 느끼고 인식하고 자랑스럽게 경험할 수 있는 공간을 지어내는 것이야말로, 시민의 혈세를 운용하는 공공 기관이 떠맡아야 할 책임이라 여기기 때문이다. 그런데 지금 여기 우리의 공적 공간은 거기에 아무 생각 없이 역류하는 중이다.

근간에 지어진 우리의 공공 청사들은 대부분 검이불루와 화이불치와 정반대다. 호화 청사의 '원조'라 불리는 용인시 청사는 건축적으로 유치하기 짝이 없고, 인구수로 따져 서울시청사의 12배 규모에 이르는 성남시청사, 그리고 사선 형태 오브제로 자신의 존재감을 온통 드러내는 용산구청 사는, 치기 어린 건축학과 학생의 과제 작품 수준이다. 서울 신청사도 추하기는 타의 추종을 불허하고, 마치 한국 건축의 전통을 계승하는 양 지극히 표면적 방식으로 기와 건물을 흉내 낸 경북도청사는 무구유언의 지경이다.

'검이불루 화이사치'의 건축 미학은 환경 문제가 참으로 심각한 상태에 이른 오늘날 미학을 넘어 윤리 영역까지 미친다. 환경 문제를 해결하는 데 근본 해결책은, 물질주의에 붙잡힌 삶의 형식을 근본적으로 바꾸는 것이다. 무엇보다도 낭비라고 해야 할 소비에 기댄 일상의 삶을 획기적으로 바꿔야 한다. 저항하기 힘든 사회적 압박에 몰려 혹은 사회적 물결에 세뇌돼 새로운 상품 구매에 중독된 즐거움으로부터 (합리적 수준에서) 자유로워야 한다. 그리고 그에 따라 어마어마한 소비력을 능가하는, 그래서 자본 운동을 위해, 심지어 불필요한 소비를 조장해야 하는 생산 규모를 줄여야 한다. 이 모든 것은 자연 착취로 가능하기 때문이다. 그런데 그리하기 위해서는 그로써 초래될 수 있을, 물질에 기대온 정신의 불만을 다른 차원에서 해결할 수 있어야 한다. '검이불루 화이사치'는 이 측면에서 매우 요긴할 뿐 아니라 더 일상의 삶을 더 풍요롭게 해줄 수 있을 정신과 감각의 길이다. 소박하고 간결하고 적으면서도 혹은 바로 그러한 까닭에 도리어 더 풍요로운 정신 세계를 열어 주기 때문이다.

이 지점에서 감각에 한정된 미니멀리즘 스타일의 건축 디자인은 재고再考해야 필요하다. 간결성과 단순성의 아름다움은 비판이 아니라 권장해야 마땅하지만, 자칫 거기에 감각적으로 매몰돼 그것으로 발생하는, 쉽게 드러나지 않는 과도한 에너지와 물질 소비, 그리고 환경 문제 등을 간과할 수 있기 때문이다. 대개의 미니멀리즘 디자인은 그 이면에 엄청난 자본과 기술뿐 아니라 편의나 쾌적성, 그리고 심지어 건강을 포함해 항차 발생할 수 있을 여러 문제를 안고 있다. 예컨대 노출 콘크리트가 그중 하나다. 시멘트는 발암 물질(6가 크롬)을 내포하고 있어 '살림집' 내부에는 되도록 쓰지 않는 것이 좋다. 감각도 중요하지만, 우리의 몸이나 환경의 건강이 담보되지 않는다면 무조건 피해야 한다. 지금 여기 우리의 거주 공간은 대부분 건물 자재 접착제를 포함해 수많은 위해危害 물질로 이뤄져 있다. 우리가 추구해야 할 미학은 단순한 미학이 아니라 윤리적 미학이다.

이 맥락에서 '검이불루 화이사치'는, 절제하는 선비의 삶을 가리키는 안분지족安分知足을 곱씹게 한다. "분수를 지키면 욕됨이 없고 마음이 편안하다."고 한 중용의 말처럼 편한 마음으로 자신의 분수를 지키며 그로써 만족한다. 혹은 자신의 분수에 넘쳐 무리하지 않고 편안히 만족하며 지낸다는 말이다. '검이불루'는 한 걸음 더 나아가 무리하지 않으면서도 각자의 처신의 품격을 유지하는 미학적 태도를 가리킨다. 자신의 처지에 안주하기보다 그것을 아름답게 가꿀 수 있는 감각을 지녀 자신의 고유한 방식으로 멋있게 사는 삶의 형식 말이다.

'안분지족'이든 '검이불루'든 여전히 한 가지 석연찮은 문제는, 자신의 분수를 지키면서 그와 동시에 그것을 넘어서고 자 하는, 곧 경계 안에 머물면서 경계 너머 나아가고자 하는 초월의 의지가 결핍돼 있다는 점이다. 그런데 이것은 지식이 나 경제나 정치 등 다른 차원은 몰라도 윤리 미학의 차원에 서는 전혀 문제가 될 것 없다. 문제는커녕 지구 환경 위기 시 대에 도리어 핵심적이다. 설령 자원이 넘치더라도 간결과 검박儉朴의 미학을 추구하는 것은, 한 인간에 내재된 잠재성을 온전히 펼쳐내는 데 아무 장애가 되지 않는다. 아름다움이 란 그것이 어떤 꼴이나 모양이든 신의 경지까지 오를 수 있 는 영역이기 때문이다. 단적으로 어떤 재료나 어떤 언어로 든, 어떤 한계에서든, 그로써 도달할 수 있는 표현의 가능성 이 무한하기 때문이다. 그것을 내재적 초월이라 부른다.

다시 말하건대 오늘날 인류에게 일차적으로 부상한 가장 절박한 문제는 환경 위기다. 그리고 그것을 풀 수 있는 가장 강력한, 여전히 우리에게 가능성이 남아 있다고 한다면 어 쩌면 유일한, 해결책은 삶을 경영하는 방식의 근본적 변화 에 놓여 있다. 나는 그것을 한마디로 겸허의 삶으로 전환하 는 것이라 생각한다. 겸허한 마음이 아니고서는 어떤 방책 도 무용할 뿐 아니라 심지어 그로써 인간을 기술의 위대성 안에 여전히 오만한 존재로 머물게 해 사태를 악화할 뿐이 다. 자연을 오용해온 인간이 자연 속의 자신의 분수를 깨닫 고 겸손하게 살아가는 것, 그리할 뿐 아니라 자연에 감사하며 자연을 돌보는 마음을 널리 공유하지 않고서는 환경 문제에는 어떤 올바른 길도 없다. 과시 소비나 사치는 인간 관계뿐 아니라 자연마저 망친다. 작고 적게 존재하는 것. 그것이 오늘날 우리가 떠맡아야 할 윤리적이면서도 미학적 정언 명령이다. 세상을 끌고 나가는 힘 있는 사람들은 그것을 듣지 못하거나 않는다. 들어도 무시한다. 검이불루와 화이사치로서 환경도 살리고 인간도 살리는 풀뿌리 살림 운동이 절실하다.

크고 우람한 나무

대지 속으로 무한히
뻗어가는
형상 없는 형상의
뿌리로
항차 세워나갈
빛 속의 형상을
붙잡아 인도한다.

빛 속에 나타나는
우리를 능가하는
크고 우람한 나무는
그로써 안심한다.

그리하여
세상 풍파 모든 바람을
만지거나 만져지게 하고
무한한 공허로

무한히 멀리 떠날
바깥 길을 연다.

하늘에,
태양에,
닿고자 애쓰되
바로 그로써
지상의 것들이
안식할 만한
그늘을 짓는다.

까마득한 태고의
빛들이
잎들 사이
무시로 오가도록
허공을 내어준다.

땅과 하늘의 운기와 리듬을
한껏 품어
때맞춰
열고 닫아
벗고 입어
주변 살이들을 응대한다.

존재하는 모든
그저 그러한 것에
말없이 조율한다.

하늘과 땅 사이
하늘보다 높이
땅보다 깊이
볼 수 있는 형상으로
볼 수 없는 형상으로
홀로.
그리고 또
함께.

하나의 풍경으로.
하나의 생명으로.
하나의 존재로.

나무는 불교와 신비한 인연을 맺고 있다. 석가모니가 태어
나 수도하고 깨우치고 열반에 이른 삶의 중요한 마디마다
나무가 있었다. 산스크리트어로 '근심이 없다.'라는 의미를
지닌 무우수無憂樹=아수가수 아래에서 태어나 보리수(나무 이름
은 '핍팔라'다. '마음을 깨우쳐 준다.'는 보리의 뜻을 가져
보리수로 불림) 아래에서 깨달음을 얻고, '집'이라는 의미의

산스크리트어 '살라'에서 파생된, '단단한 나무'를 뜻하는 사라수沙羅樹가 사방에 한 쌍씩 선 곳에서 열반했다.

그런 연유에서인지, 어떤 고찰이든 크고 우람한 고목 한 그루쯤 주변에 두고 있다. 신륵사(여주), 용문사(양평), 운문사(청도), 쌍계사(하동)에는 은행나무가, 송광사(순천)에는 배롱나무가, 내소사(부안)에는 느티나무가, 실상사(남원)에는 소나무가 있다. 고찰뿐 아니라 오랜 서원이나 정자 등 오래 살아 남은 옛 건물이 있는 곳은 다 그렇다. 여러 사연으로 그것이 국가든 지방이든 문화재로 등록되면서 주변에 뿌리내린 식생들이 그 덕에 별고別故 없이 잘 존재했다. 더러는 나무들이 그 건물보다 더 귀하고 아름답다. 더 큰 존재로 다가오며 훨씬 더 경이롭다.

지금은 오랜 일이지만, 매년 두세 번 미국에서 잠시 머물 때, 특히 한낮에 홀로 있을 때, 나는 오래오래 나무를 응시했다. 나무는 참으로 크고 우람했다. 집은 거기에 비해 마치 모형같이 작고 약해 보였다. 나 또한 그 앞에서 작은 존재였다. 수령이 아마도 몇 세대 인생 기간은 훌쩍 넘었으리라. 햇빛 찬란한 날, 구름 잔뜩 낀 날, 세차게 비 오는 날, 광풍 불던 날, 눈 오는 날, 나무는 매시간 특별했다. 볼 때마다 색과 움직임이 달랐다. 움직이지 않은 적이 없었다. 무엇보다 몸짓이 달랐다. 바람 없이 얼음처럼 고요한 날도 움직였다.

그로써 내게 다른 말을 걸었다. 나는 나무의 말에 귀 기울이며 누구에게도 말하지 않았던, 말할 수 없던 말들을 소리 없이 뱉었다. 나무는 내게 마치 긴긴 세월 겪어 세상의 모든 이치를 깨달은 선사 같았다. 때로는 산신령 같았다.

나무를 보고 있던 시간이 얼마나 편하고 좋던지, 얼마나 즐겁던지, 내 앞에 서 있던 나무가 얼마나 아름답거나 경이롭던지 두어 시간은 정말 아무것도 아니었다. 외로움이든 잡념이든 번잡하거나 부정적 생각들이 모두 물러가고, 오직 평강 속에 말로 표현할 수 없는 기쁨을 누렸다.

내가 살던 아파트에도 나무가 있었다. 미국의 나무들보다야 훨씬 작지만, 내가 살던 이층의 발코니 공간을 채울 만큼 풍부했다. 봄에는 꽃이 만개해 향기를 선사했고, 비 오는 날은 잎사귀가 둔탁하면서도 맑은 소리를 들려줬다. 바람 세게 부는 날은 우는 듯, 노래 부르듯 리듬을 탔다.

돌이켜보니 이십 년이 훌쩍 넘었다. 버스 안에 서서 가다가 뒤에 선 모녀가 주고받은 이야기가 떠오른다. 가끔 건축 전공 대학원생들을 가르칠 때 들려주던 이야기다. 십 대 후반으로 보인 딸이 말했다. 옛날에 살던 오래된 집(아파트)이 참 좋았다는 것이다. 거기에 비해 이사 간 아파트는 새 아파트지만 별로라고 했다. 어떤 집이었기에 오래된 집이 그리

좋았을지 궁금해 귀를 기울였다. 가만히 들어보니 거기에는 큰 나무가 있었다는 것이다. 내 마음이 순식간에 울렸다. 그리고 속으로 말했다.

"그래 큰 나무 한 그루만 있으면 집이 아무리 낡고 초라해도 (적어도 마음만은) 넉넉할 텐데 우리는 이 비결을 얼마나 오래, 그리고 자주 잊고 있는가."

○ 부록

성격을 바꿔야 하리라![1]

우리 사회는 무겁고 또 가볍다. 둘 다 도덕적 감정에서 발생하는 무게다. 한쪽은 무겁기만 하고, 다른 한쪽은 가볍기만 하다. 한쪽은 삶의 필연성에, 다른 한쪽은 삶의 우발성에 뿌리내린다. 그리하여 한쪽은 'Es muß sein!(그리해야 한다.)'이라는 강박적 명령에, 다른 한쪽은 의무감의 절대적 부재에 내맡긴다. 한쪽은 선의 도덕을, 다른 한쪽은 소확행의 미학을 따른다.

밀란 쿤데라는 자신의 출세작 『참을 수 없는 존재의 가벼움』 도입부에서 이렇게 썼다. "필연성, 무게, 그리고 가치는 함께 묶여 있는 개념이다. 필연적인 것만 무겁고, 무거운 것만 가치가 있다." 그와 달리 파르메니데스는 무거움(과 차가움과 비존재)을 밀쳐내고 가벼움(과 따뜻함과 존재)을 찬양한다. 가벼움과 무거움 중 과연 어떤 것이 좋은 것인가? 쿤데라에 따르면 유일하게 확실한 것은 가벼움과 무거움의 대립이 모든 것 중 가장 신비하고 가장 애매하다는 점이다.

1) 『건축평단』 2019 가을호 필자의 글을 고쳤다.

가히 '조국 대란大亂'이다. 나라의 온 정신이, 온 정치가 거기 함몰됐으니 말이다. 도대체 무엇이 우리를 그토록 통째로 집어삼키고 있는가? '그리해야 한다.'는 인식이 괴물의 정체다. 이쪽과 저쪽이 '그리'라는 기표가 가리키는 기의가 달라 수면 아래 잠복한 채 꿈틀거리던 그것이 마침내 이전투구의 진창으로 현실화됐기 때문이다. '그리해야 한다.'는 믿음이 강할수록 갈등과 충돌의 진폭과 강도가 커진다. '그렇지 않은' 상대를 악(적폐)으로 삼는 태도가 강할수록 호전성이, 그로써 폭력성이 증대한다. 한마디로 생사를 다투는 전쟁이다. 어느 한쪽이 소멸되지 않는 한 혹은 가해자가 더는 견딜 수 없는 자신 측의 피해에 직면하지 않고서는 멈추는 법을 모른다. 인간은 무지할 뿐 아니라 혹독하게 잔인하다.

'그리해야 한다.'고 확신하는 자들은, 가로막힌 모든 것을 무차별적으로 파괴하며 밀고 나간다. 현실 공간에서 표현되는 그들의 언행은 희한하게도 가볍기 짝이 없다. '조국 대란'을 구성하는 사건들, 그것이 초래하는 부수적 사건들, 그로써 확장되는 사건들이 경박하기 짝이 없다. '듣는 모임'을 뜻하는 청문회에서 들어야 하는 이는 말하는 이의 면전에서 말하는 이의 가족 관계 증명서를 찢고(전직 경철서장에 따르면 "공무를 위해 공무소에 제출된 문서를 손괴하는 행위는 형법 제141조 제1항 공용서류 무효죄, 7년 이하 징역 1천만 원 이하 벌금에 해당하는 범죄행위. 공소시효는 7년"),

듣기보다 국민이라는 이름으로 꾸짖는 데 훨씬 능숙한 의원 중 자식 관리를 엄하게 문책한 한 의원은 정작 자신의 자식 문제로 곤욕 치를 조짐이고, 듣는 이의 한 정당이 핵심 증인으로 간주한 대학의 한 총장은 가짜 학위 문제에 휩싸이고, 듣는 자들 앞에서 말하는 이의 자리에 선 이른바 고위 공직, 그것도 '정의'를 책임지는 공직^{Ministry of 'Justice'} 후보자는 거의 잡범이 저지를 만한 온갖 일로 당사자뿐 아니라 가족까지 온통 구설수에 휘말렸을 뿐 아니라 심지어 기소까지 당하는 사상 초유의 형국이다. 청문회가 끝나고 채 하루도 넘기기 전 이뤄진 청와대 국민 청원은 임명 강행 흐름에 맞서 '민란'을 경고한 거대 야당 원내대표 특검 수사 요청 20만 명, '조국 대란'으로 붙은 국가적 화재에 석유를 끼얹은 듯한 쟁점의 핵심 인물로 부상한 검찰총장 처벌 요청 38만 명, '조국 대란'의 주인공 조국의 공직 임명 요청 67만 명 등의 숫자를 넘어서는 중이다. 국가가 단 하나의 사건에 빠져 진창을 한창 허우적대는 꼴이 참으로 촌극이다. 국가지중대사이니 참사라 고쳐 부르지 않을 수 없다.

도덕의 구속과 미학의 자유. 이 둘의 조화는 매우 어렵다. 인구 5천만 이상이면서 1인당 국민소득이 3만 달러 이상인 나라는 미국, 영국, 프랑스, 독일, 이탈리아, 일본, 한국 등 일곱 개뿐이다. 전쟁 잿더미에서 우리가 여기까지 온 것은 어려움과 깊이에 등 돌린 '덕분(?)'이다. 어려운 것은 피하고 깊은 것은 돌아보지 않았기 때문이다. 세상 어느 나라보다 뛰어난 역동성으로 현대화 과정을 빠른 속도와 높은 밀도로 관통해온 우리 사회는 어느덧 무거움과 가벼움이라는 양극에 고착돼 역동성을 잃은 채 병적 징후가 짙다. 응당 이것이 우리 자신만의 탓일 수 없다. 더 치밀해지고 그래서 더 위험해진 국가 간의 관계망이 미친 큰 영향 혹은 실제적 위력 또한 큰 몫을 하고 있으니 말이다. 그런데 설령 사태가 그렇다 한들 우리는 우리가 어찌해 볼 수 있는 만큼 무거움과 가벼움을 최대한 끌어안아야 한다. 그럴 뿐 아니라 끌어안고 해결하는 역량을 늘려야 한다. 만사가 그렇듯 둘 모두 좋고 나쁜 양상이 있고, 그리함으로써 우리는 성숙해야 하기 때문이다.

베토벤은 무거움, 그것도 운명이 지우는 짐을 긍정으로 받아들였다. 위대한 사랑의 긍정으로 떠맡았다. 베토벤은 1826년 10월 자신이 생애 최후로 작곡한 현악사중주^{String Quartet No.16, Op.135 in F major} 마지막 악장 도입부의 느린 화음들 아래에 "Muß es sein?(그리해야 하는가?)"이라고 쓰고, 그 악장의 더 빠른 테마에 "Es muß sein!(그리해야 한다!)"이라고 썼다. 그리고 전 악장에 "Der schwer gefaßte Entschluß(어려운 결정)."이라는 제목을 달았다. 쿤데라는 『참을 수 없는 존재의 가벼움』에서 그것을 "어렵거나 무거운 해결"로 옮겼다.[2]

2) 쿤데라는 그것과 관련된 일화를 이렇게 들려준다. 어떤 이에게 얼마간의

우리는 한동안 무거움이 초래하는 갈등과 가벼움이 몰아치는 실존의 불안(출산, 결혼, 심지어 연애마저 기피하는 일인 주거의 삶)에 붙잡혀 살아가기 더 힘들 것이다. 우리가 살아온 이력이 초래한 사태이니 우리가 넘어서야 할 운명이다. 유일한 방책은 합리적 대화가 가능하도록 더 나아가 '타자'의 언어를 환대하고 즐길 수 있도록 우리 자신을 바꾸는 데 있다. 릴케는 「고대 아폴로의 토르소」의 마지막 문장을 이렇게 썼다. "너는 네 삶을 바꾸지 않으면 안 된다." 이것은 전적으로 성격의 문제다. "한 인간의 성격은 자신의 운명이다."(헤라클레이토스)

돈을 빌려준 베토벤이 오랫동안 궁한 처지에 몰려 자신에게 빚진 사람을 찾아가 그 사실을 말했더니 그 사람이 한숨을 깊이 쉬며 "Muß es sein?"이라고 물었다. 베토벤은 거기에 따뜻하게 웃으며 "Es muß sein!"이라고 대답하고선 즉각 그 말들을 기록해 자신의 마지막 작품의 네 목소리 중 세 목소리로 "Es muß sein, Es muß sein, ja, ja, ja, ja!"라고 응답했다. 그리고 1년 후 그는 바로 그 정확하게 동일한 주제를 마지막 사중주 작품 135의 네 번째 악장의 토대로 썼다. 그때까지 자신의 빚을 진 그 사람의 지갑을 망각한 "Es muß sein!"은 "운명의 입술에서 직접 나오듯" 더 엄숙한 울림을 획득했다. "베토벤은 경박한 영감을 진중한 사중주로, 농담을 형이상학적 진리로 바꿨다."

우리 각자 자신의 여지餘地를[3]

한 인간이 살아가는 일은 그가 다른 인간(들)과 함께하는 일이다. 내가 지금껏 살아오며 알게 된 문제 중 가장 어려운 인간사다. 그리고 그 점을 요즘 접한 여러 것에서 새삼 확인한다. 일 년 전부터 오픈아키텍처스쿨에서 몇 사람과 함께 '헤이덕 세미나'를 진행한다. 헤이덕의 후기작을 이루는 가면극Masque은 그 양상을 속속 드러낸다. 가면극의 캐릭터들은 예외 없이 다른 사람들과 어긋난다. 그리하여 어떤 경우든 함께 있지만, 홀로 실존한다. 부부도 공감에 실패하는 이심異心의 관계고, 심지어 공동성에 기대는 예배禮拜 집행자인 목사와 참여자들마저 그렇다. 목사는 예배 참여자들이 아니라 하늘을 보며, 예배 참여자들은 목사를 영상으로 본다. 모든 말은 각자의 고해성사며, 캐릭터들은 모두 제각기 홀로 공허에 둘러싸여 있다.

지난달 접한 카버Raymond Carver의 작품들도 거의 다 그렇다. 그의 모든 작품 중 무릇 우리 인간이라는 존재는 딱 두 작품 (〈Cathedral〉와 〈A Small Good Thing〉)에서만 공감에

---

3) 『건축평단』 2019 겨울호 필자의 글을 고쳤다.

'잠시' 성공한다. 미국의 탁월한 영화감독 알트만$^{Robert\ Altman}$이 카버의 단편들을 이리저리 편집해 만들어 베니스국제영화제 황금사자상을 수상한 〈숏 컷$^{Short\ Cuts,\ 2015}$〉은 모든 인간관계가 어긋나고 오직 한 경우 공감이 기적처럼 발생하는 순간을 담는다. 올해 노벨문학상 수상자 한트케$^{Peter\ Handke}$의 작품들도 얼추 그러하다. 자신이 집필한 소설을 자신이 영화로 만든 〈왼손잡이 여인$^{The\ Left-Handed\ Woman,\ 1978}$〉의 주인공 마리앤^{Marianne}은 아주 가끔 출현하는 파토스를 어떤 식으로든 통제한 채 '자발적 고립'의 삶을 표정 없이 산다. 이 작품 또한 작가가 의도한 핵심을 해석하기 매우 어렵다. 마지막 문장은 하나의 실마리다. 모든 에피소드가 끝난 후 출현하는 문장은 다음과 같다. "… Ja, habt ihr nicht bemerkt, daß eigentlich nur Platz ist für den, der selbst den Platz mitbringt…(그래, 본래 자리 / 장소란 자리를 스스로 가지고 온 사람에게만 존재한다는 것을 당신네들은 느끼지 못했는가…)" 우리 모두 '코뿔소의 뿔처럼 혼자서 가라!'는 현자의 말에 따라 철저히 홀로 사는 용맹정진의 삶을 지향하는 인간이 아니거든 나는 네가 머물 내 장소를, 그리고 너는 내가 머물 네 장소(여지)를 마련하는 길밖에 없다는 것이다. 그리하지 않고서는 너와 네가 '우리'로 함께 살 길이 없다는 것이다.

여기서 독일 철학자 롬바흐$^{Heinrich\ Rombach}$의 주장이 흥미롭게 다가온다. 그에 따르면 고립된 너와 나는 도리어 바로 그 고립성 덕분에 너와 내가 교섭할 수 있는 제3의 공간을 열어낼 수 있다는 것이다. 그러니까 너와 나라는 존재의 공약 불가능성이야말로 새로운 가능성을 잉태할 지반이라는 것이다. 롬바흐는 자신의 책 『아폴론적 세계와 헤르메스적 세계』에서 다음과 같은 주장을 개진한다. 우리는 서로 각자 하나의 고유한 존재의 자리를 보존할 때, 그리하여 그로써 나와 네가 해소될 수 없는 차이의 긴장으로 새로운 세계를 형성할 때, 바로 그때 "한 단계 고양되며 기존의 의미 세계와는 다른, 새로운 또 하나의 의미 세계를 공共창조하게 된다. 이를 통해 세계 간의 교류가 가능하다."⁴ 그러므로 우리 모두 개별자로 고립될 수밖에 없는 세계에서 우리가 도모해야 할 것은 우리 각자의 차이를 애써 확립하는 것, 그로써 기꺼이 단독자로 실존하는 것, 그리고 그리하여 각자의 고유한 차이들을 통해 제3의 공간을 개시開示하는 창조적 실천이다.

그런데 그 길은 참으로 어렵거나 (거의) 불가능하다. 우리 모두 이 세상에 태어나 이른바 '사회화'라 부르는, 엄청난 세뇌 혹은 훈육과 교육의 과정을 거친 탓에 '참 나' 혹은 '진정한 자아'가 여전히, 심지어 흔적이나마 남아 있는지도 알 수 없거니와 설령 그렇다손 치더라도 바로 그 진아眞我를 찾을 길이 막막하기 그지없기 때문이다. 그뿐 아니라 공자의

---

4) 이민정. 「아폴론적 세계와 헤르메스적 세계」, 『건축평단』 겨울호.

가르침에 따르면 내가 네 말을 들을 수 있는 귀를 가질 수 있는 것은, 삶이 느지막한 예순에 이르러서야 그것도 그때까지 바지런히 수행해 정신이 상승해야 가능한 일이니 난제 중의 난제다. 나는 아직 불혹不惑의 경지도 채 도달하지 못했으니 그 길이 현기증 날 정도로 아득하다.

그러므로 우리가 매일매일 실천할 것은 우리 자신의 몸과 마음을 온존溫存하는 것, 그럴 뿐 아니라 그 몸과 마음으로 공부(연습)를 게으르지 않게 해나가 하나의 온전한 인간으로 머리카락 한 올씩이나마 꾸준히 성장해나가는 것이다. 그로써 죽기까지 현역으로 남는 것이다. 40대 중반 4기암을 이겨내고 일흔 생일을 맞은 해에 마지막 저서『타인의 고통 Regarding the Pain of Others』을 펴낸 손택Susan Sontag은 한 인터뷰에서 자신은 열정을 포함해 모든 것이 30대, 40대와 전혀 다를 바 없다며 일흔 나이가 멋지다awesome고 했다. 일흔일곱 살에 노벨화학상을 수상한 구디너프John B. Goodenough, 에스파냐의 거장 첼리스트 카잘스Pablo Casals의 아흔 살 연습 일화, 얼마 전 서울국제음악제에 초대돼 예술의 전당에서 연주한 지금도 지난 60여 년처럼 하루 10여 시간 이상 연습에 집중한다는 핀란드의 듀오, 일흔일곱 살 첼리스트 노라스Arto Noras와 일흔세 살 피아니스트 고토니Ralf Gothoni 등은 진정한 학인學人 혹은 프로가 어떤 사람인지 경이롭고 눈부시게 보여준다. 올해 백 살을 맞은 철학자 김형석은 올해만 세 권을 냈으며 다른 한 권을 마무리 중이다. 이들은 모두 짧은 혹은 긴 인생을 참으로 꽉 차게 그리고 열정적으로 산다. 건강한 몸과 마음을 챙겨 죽기까지 자신이 사랑하는 일에 정진할 수 있는 것이야말로 참으로 본받고 싶은 삶이다. 푸코가 말년에 주목한 '자기 돌봄(배려)'의 삶의 형식과 그리 다르지 않다.

코로나 19, '사이'라는 이름의 공간[5]

코로나 19가 터진 지 두어 달이 되면서 생긴 내 가장 큰 관심은 이것이다. 코로나 19는 과연 언제 어떻게 끝날 것인가? 이 질문을 찾기 위해 워싱턴포스트와 마이크로소프트 컬럼 등을 뒤져 읽었지만, 과학자들의 대답은 미궁이다. 트럼프 대통령은 4월에는 물러갈 것이라고 주장하지만, 계절이 변하면서 소멸할지 혹은 계절과 무관하게 확산돼 대유행병이 될지 누구도 장담하지 못한다. 다섯 번째 코로나바이러스가 될 가능성이 높은 코로나 19는 앞서 터진 네 바이러스와 유사하면서도 양상이 다르기 때문이다. 코로나 19 종언 선언에 이르는 과정은 대충 세 가지 시나리오로 나뉜다. 첫 번째 최상의 시나리오는 2003년 터진 사스SARS 코로나바이러스처럼 보건 당국의 개입으로 통제되는 것이다. 사스를 쉽게 잡을 수 있었던 것은 코로나 19와 달리 심한 증상이 나타나고서야 (그래서 감염된 사람들은 병원에 즉시 갔다.) 전염될 수 있었기 때문이다. 백신이 개발되면 잡을 수 있겠지만, 아무리 빨라도 수년이 걸린다는 것이 대체적 전문가의 의견이다. 두 번째는 마치 산불처럼 전염될 만

5) 『건축평단』 2020 봄호 필자의 글을 고쳤다.

한 사람들이 얼추 다 전염되고서야 끝난다는 시나리오다. 문제는 코로나 19의 전염에 누가 취약한지 현재로서는 알 수 없다는 것이다. 세 번째는 끝나지 않는다는 시나리오다. 2008~2009년 H1N1(돼지 독감)처럼 계절병으로 남아 있는 것이다. 이 경우의 문제는 사스처럼 심각하지는 않지만, 매년 터지는 다른 코로나바이러스보다는 심각하다는 점이다.

인류 전체를 감염시킨 대유행병은 14세기 중반의 흑사병 Black Death, 1918년의 스페인 독감, 그리고 2009년의 돼지 독감이다. 흑사병은 중세의 특성과 맞물려 지독한 사회적 병폐를 낳았다. 예컨대 페스트가 창궐해 유럽 인구의 1/3 정도를 죽음으로 몰아가면서 감염 사태와 무관한 유대인, 외국인, 한센병 환자 등 엄청난 수의 사회적 소수들이 테러와 마귀 사냥을 당했다. 특히 유대인 혐오가 극에 달했다. 그런데도 최대 피해는 수도원의 성직자들이 입었다. 하나님이 병을 낫게 해준다는 믿음으로 기도와 예배에 열중하다가 큰 화를 입었으며 그 이후 온갖 미신과 이단이 출현하는 부작용을 초래했다. 1918년에 발병해 북극과 태평양섬 등 전 세계로 퍼져나가 흑사병 때보다 더 많은 사망자(5천만 명)를 낳은 스페인 독감은 인류 최대의 재앙이다. 한국도 740만여 명이 감염돼 14만여 명이 죽었다. 스페인 독감에서 흥미로운 점은 더 치명적 종種으로 변이를 일으킨 바이러스가 자신의 숙주인 인간을 죽이면서 일정한 극에 도달하고서 다시 크게 약해졌다는 것이다. 2009년 터져 빠른 속도로 전파된 돼지 독감은 세계 전체 인구의 11~21퍼센트 정도 감염시켰지만, 치사율(0.01~0.03%)이 다행히 낮았다.

코로나바이러스 감염을 통제하는 데 효과적 방법은 널리 알려졌듯 '사회적 거리' 두기다. 사람과 사람 사이를 일정한 거리(2미터) 이상으로 벌려두는 것이다. 그러기 위해 예배나 학교 수업을 포함해 모든 형태의 모임을 자제해야 하니(밀라노는 도시 자체가 이미 봉쇄됐다.) 우리 사회의 거의 모든 제도가 작동 중지 상태다. (그로써 야기되는 지구적이고 국가적인 경제적 타격은 가히 어림하기 어렵다.) 대면 상태를 줄이거나 없애되 대면하더라도 거리를 유지해야 할 심각한 상황이다. 사람(들)과 사람(들) 사이를 일정한 거리 이상 유지할 것. 졸지에 '사이'라는 이름의 공간이 심각해졌다.

사람들의 '사이'는 그 사람(들)이 누구냐, 곧 사회 계급, 인종, 젠더 혹은 성 정체성 등에 따라 변동한다. 나는 여기서 세 가지 '사이'만 언급하고자 한다. 첫째, 과학과 종교 사이. 나는 이 둘은 각각 독자적 영역에 속하는 것으로서, 아인슈타인의 견해처럼 배제가 아니라 상보相補 관계를 맺는 것이 타당하다고 생각한다. 아인슈타인은 이렇게 말했다. "종교 없는 과학은 절름발이며 과학 없는 종교는 맹목이다." 바이러스 감염과 질병이라는 현실의 문제는 과학에 따라 해결해야 한다. 다만 그것이 발생한 이유나 의미에 대해서는 종교(형이상학)적으로 접근할 수 있을 뿐 아니라 그것이 어쩌면 유일한 방도일지 모른다.

둘째, 인간과 자연 사이다. 이는 내 (주관적) 생각에 불과하다. 코로나바이러스가 발발한 첫째 이유는 자연은 인간이 지나치게 빠른 속도로 늘어나자 더 감당할 수 없는 지경에 이르러 바이러스를 생산했다. 둘째 이유는 인간과 자연(동물) 사이가 적정 거리를 넘어선 까닭에 바이러스가 출현했다. 야생의 자연에 너무 침범해서다. 인간은 겸손한 태도로 자연과 일정한 거리를 둬야 한다.

셋째, 나와 너 사이 혹은 인간(들)과 인간(들) 사이에 관해 두 다른 생각이 있다. 예수의 말이다. "너희는 남에게 대접을 받고자 하는 대로 남을 대접하여라."(누가복음 6장 31절. 새번역), 그리고 공자의 말이다. "내가 원하지 않는 것을 남에게 행하지 마라." 나는 공자가 타당할 뿐 아니라 예수는 자칫 오래 하면 위험의 소지가 있다고 생각한다. '모든 사람을 행복하게' 만들고자 하는 것이야말로 가장 위험한 이념이기 때문이다. "지옥으로 가는 길은 선의로 포장돼 있다." 타인의 고통을 없애고자 애쓰는 일은 정언명령이지만, 타인의 행복을 책임지려는 것은 자신의 행복을 강제하는 행위다. 칼 포퍼에 따라 말하자면 우리는 '무엇이 정의(행복,

진리, 선 등)인지'가 아니라 '무엇이 정의가 아닌지'를 더 잘 알므로 정의롭지 못한 것을 제거해 나감으로써 정의에 더 가까이 갈 수 있다.

우리는 여전히 집단주의가 심한 나라에 산다. 개인주의는 그 자체로 옳거나 더 좋아서가 아니라 개인과 집단 간의 균형을 찾아가기 위해서라도 '지금 여기' 절실하다. 놀라운 기술 발전은 대면 관계를 신속히 제거해 언택^{untact} 관계, 곧 낱알로 분리된 개인들의 사회로 '일방적으로' 몰아가는 중이다. 단순히 하나의 구별된 존재를 가리키는 개인과 사회적 가치의 중심을 이루는 개인을 가리키는 개인주의는 다르다. 우리가 복원해야 할 '사이'는, 나는 나로서, 너는 너로서 따로 존재하면서 그와 동시에 나와 네가 함께 존재하는 공간의 이름이다. 따로 함께.

어떤 사람이 살아온 방식[6]

그는 성인이 되고서 얼마 지나지 않아 결심했다. 부모와 교회 목사를 포함해 세상 모두로부터 일정한 거리를 유지한 채 오직 자신의 이성에 기탁해 살아가리라.

스무한두 살쯤 누군가에게서 듣고서 마음 깊이 다잡은 최초의 결의는 세상을 움직이는 세 가지(돈과 권력과 색)에 결코 종속되지 않는 것이다. 그리하여 작정한 것은 평생 가난하게 사는 일이다. 가난을 적극 긍정하는 정신을 갖는 것이다. 기억해낼 수 있는 한 자신의 집안이 가난하지 않았던 적이 없었지만, 아니 주변 그 누구보다 더 궁핍한 처지였지만, 그래서 징글징글했지만, 무엇에 종속되는 삶은 그것보다 더 끔찍할 것이리라 여겼기 때문이다. 그는 그러한 삶이야말로 현실 세계에 존재하는 진짜 지옥일 것이라 생각했다. 그만큼 그는 니체의 자유정신의 상속자였다. 돌이켜보아 앞의 둘은 쉬웠는데 세 번째는 중년까지도 좀 흔들렸다.

자유정신인 그는 세상 어떤 것에도 휘둘리기 싫어 술이나

6) 이 글은 다른 어떤 사람의 신실한 요청으로 뜬금없이 이 책에 써넣었다. 모쪼록 이 책의 제목에 눈을 줬을 독자들에게 너그러운 이해를 청한다.

담배 등 어떤 물질, 그리고 자신의 모태 종교를 포함해 어떤
이념에도 중독되지 않았다. 지금 생각해보면 가난이 키운
힘이다. 군사 독재 정부에 맞서 데모도 하고 투쟁도 했으나
재야 세력이나 어떤 진영에도 귀속되지 않았고, 학연과 지
연을 포함해 어떤 무리에도 거리를 뒀다. 정치적으로 보수
도 진보도 아닌 무당파다. 부모(나 형제)의 명령과 희망 혹
은 욕망으로부터도 일정한 거리를 늘 유지했다. 자유정신과
비평가 영혼은 하나였던 셈이다.

비평가 영혼을 지닌 그는 세상의 제도를 믿지 않는다. 자본
주의가 출산한 보험 제도를 특히 믿지 않는다. 보험은 인간
의 불안을 상품으로 팔아먹고 산다고 생각해서다. 보험회
사가 해마다 일취월장하는 것은 혹은 모조리 대기업인 것
은, 우리가 내는 돈으로 보험회사가 먹고살 뿐 아니라 심지
어 자본을 축적해 나간다는 사실을 입증한다. 그렇다고 위
법자로는 살 수 없으니 혹은 위법자로 사는 것은 결국 얻는
것보다 잃는 것이 더 크니 보험은 법이 요구하는 최소한도
(조건)만 지킨다.

정치는 특히 믿지 않는다. 극히 일부를 제외한 거의 모든 정
치가의 언행은 자신의 이익을 도모하기 위한 것이며, 표를
얻어 자신의 자리를 얻고 지키기 위한 것이라 판단하기 때
문이다. 언행일치의 정치가는 과장해서 말해 지금껏 한 사

람도 본 적 없어서 그렇다. 투표는 그들의 말들이 아니라 그들의 행위들로 결정한다. 마음에 썩 드는 정당이나 정치인이 없어서 지금까지는 더 나은 정치인이 아니라 덜 나쁜 놈을 택하는 방식이다.

병원도 그리 믿지 않는다. 병원 또한 돈벌이가 우선이라서 그렇지만, 그것보다는 병원이나 의사에게 자신의 건강을 맡기는 것은 삶의 온전한 주체로 사는 것이 아니라고 생각하기 때문이다. 자신 삶의 주인이라면 자신의 마음이 그렇듯 자신의 몸(건강) 또한 응당 자신이 책임져야 하리라. 누구나 그렇듯 의학 전공자가 아닌 그는, 의학은 상식 수준에서 가질 수밖에 없다. 필요할 때마다 인터넷 검색으로 의학 상식을 보강한다.

그는 자신의 건강을 자신이 책임지기 위해 의식의 긴장을 늘 유지한 채 삶의 일거수일투족을 건강의 테두리 안에 둔다. 건강 상태를 유지해 병에 걸리지 않도록 하는 것이 가장 지혜롭고 좋기 때문이다. 그가 삶의 핵심으로 삼는 것은 (좋은) 습관이다. 좋은 습관이 좋은 삶을 만든다. 행복이든 건강이든, 생산적 삶이든 창조적 삶이든, 삶의 내용은 모두 형식(습관)이 결정한다. 따라서 매일매일 건강한 밥을 챙겨 먹고 규칙적으로 살 수 있는 건강한 버릇을 지키거나 만들어가며 산다. 예컨대 식사는 튀김과 동물성 기름을 피하고 되도록 과일과 채식 위주로 적게 먹는다. (서울 시내에서는 대중교통 이용을 원칙으로 삼고, 날씨가 좋은 날은 축복의 기회로 여겨 1시간여 거리는 즐겨 걷는다. 평생 스트레칭과 푸시업을 일상적으로 해오다가 10여 년 전 어느 날 늘 하던 스트레칭 도중 갑자기 허리가 아픈 이후 스트레칭은 그만두고 샤워하기 전에 푸시업만 한다.)

건강 검진은 받지 않는다. (건강 검진이 이렇게 마치 의무인 것처럼 되기 전 우리는 아프지 않고서는 병원에 가지 않았으며, 그런 식으로 살아낸 삶이 그리 문제가 된 적은 일반적으로는 없었다.) 직장인 건강 검진도 받은 지 몇 번 안 되지만, 안 받은 지도 상당히 오래돼 마지막 검진이 언제였는지 기억하지 못한다. 건강 검진으로는 치명적 병을 찾아낼 수도 없을뿐더러 그보다 더 중요하게 그로써 자신의 건강에 대한 책임 의식을 더 날카롭게 유지할 수 있기 때문이다.

약도 먹지 않는다. 적어도 부모에서 벗어나 독자적 삶을 산 이후로는 약을 복용한 기억이 없다. 약은 당장 급한 불을 끄는 데는 좋지만, 결국 쌓이면 나쁜 영향을 미칠 독이라 생각하기 때문이다. 몸의 자생력을 믿는 것이 부가적 이유다.

좀 이상하게 들리겠지만, 그는 아파서 누웠다가 일어날 수 없게 되면 그것이 운명이지 않을까 생각한다. 폐 끼치지 말고 아무 흔적 없이 소멸하는 것이 좋은 죽음이니 고독사도 나쁠 게 없다고 생각한다. 그렇다고 해서 지금까지 한 번도 아프거나 다치지 않은 것은 아니다. 많게는 1년에 한두 번, 적게는 몇 년에 한 번쯤 아팠다. 그렇게 가끔 아플 때 그는 그냥 동물로 돌아간다. 아무것도 먹지 않고 자리에 누워 며칠이든 동물처럼 끙끙 앓는다. 끙끙 앓는 것도 나쁘지 않다고 생각한다. 아픔도 삶의 소중한 부분으로 받아들여 경험하는 편을 택하지 굳이 아픔에서 벗어나려고 하지 않는다. (아픔에 대한 그의 태도는 치과의 문제든 무엇이든 그리 다르지 않다.) 그리고 짧게는 이틀, 길게는 사나흘 동안 동물의 시간이 지나면 허기를 느끼고, 그러면 자연스럽게 죽부터 챙겨 먹는다. 그리고 차츰 정상 상태로 돌아간다. 인간의 시간으로 돌아간다. 물론 그도 몸을 가진 인간이어서 그의 몸이 뭔가 크게 이상하다고 판단하면 분명히 의사를 찾을 것이다.

마음 상태가 나쁘면 몸도 나빠진다. 그러니 마음도 잘 챙겨 살아야 한다. 그가 실행하는 방식은 서양 불교라고 부를 수 있을 '스토이시즘'과 흡사하다. 그는 자신을 둘러싼 모든 사태를 자신이 어찌할 수 있는 것과 어찌할 수 없는 것으로 나눈다. 전자는 최선을 다해 대응하되 결과는 불평 없이 수용한다. 후자는 그냥 자연에 내맡긴 채 되도록 덤덤하게 주어진 대로 수용한다. 비 오면 비 맞고, 눈 오면 눈 맞으며 걸어가듯 그렇게 정직하게 돌파한다. 다행히 우산이 있으면 우산을 쓰고 없으면 없는 상태에서 좋은 방법에 따라 움직인다. 자신이 어찌할 수 있는 것은 대부분 마음 영역에 속한 것들이다. 중요한 결정은 감정이 없는 상태에서 내린다.

흔히 인간 관계야말로 세상에서 가장 어려운 문제로 여긴다. 그는 그것도 그리 어렵지 않게 다룬다. 타인들의 마음을 얻어야 가능한 단체의 장이 되고 싶은 마음은 손톱만큼도 없으며, 다행히 월급으로만 살 수 있어 타인들에게서 어떤 이익도 기대하지 않기 때문이다. 그는 무엇보다도 스무 살 쯤 결의한 대로 타자의 인정을 구하지 않는다. 남들의 칭찬이나 비난에 일희일비하지 않는다. 사랑받기 위해 자신(의 몸이나 마음)을 꾸미는 일은 그의 인생에 없는 일이며, 타자의 미움은 합리적 반성을 통해 배울 것만 남기고 나머지는 속히 제거한다. 명예나 돈은 결코 쫓지 않는다. 정직한 결과에 따라 오는 것만 벗들과 기쁘게 나눠 쓴다. 그가 인간 관계에서 타인에게 희망하는 것은 소통하기 혹은 요즘 흔한 말로 공감 나누기뿐이다. 인격적 대화밖에 없다. 그러니 남녀나 친구 간의 사랑도 애써 구하지 않는다. 자연의 처분에 따른다. 만나는 횟수나 시간에 따라 자연히 발생하는 둘 간의 거리의 축소나 확대에 맡긴다. 가까워지면 가까운 관계로, 멀어지면 먼 관계로 지낸다. 둘 중 한쪽이 마음이 변해 거리가 변하면 변하는 대로 지낸다. 애착이나 증오는 좀처럼 남기지 않는다. 남겨도 이내 없앤다.

게다가 그는 홀로 조용히 머무는 시간을 하늘이 내린 기회로 생각해 잘 쓰는 기쁨을 누린다. 도리어 혼자 머무는 시간을 충분히 갖기 위해 그가 손을 뻗치면 얻어낼 수 있는 직장일 이외의 일들을 모두 고사한다. 사회적 명예가 걸린 일도, 돈이 되는 일도, 그에게는 그리 중요하지 않다. 그에게는 살아 있는 한 자신의 시간을 자신이 쓰고 싶은 대로 온전히 쓰는 것보다 더 중요한 일은 없기 때문이다. 그의 성정은 음악에 매혹되고 건축을 사랑하며 시적 경향을 지닌 니체와 흡사해 거기서 오는 기쁨을 삶의 큰 낙樂으로 삼는다.

그가 생각하는 삶의 목적은 배움을 통해 정신의 한계를 초월해 나가 마침내 한 인간으로 온전히 서는 것이다. 그래서 좋은 사람이든 위대한 인간의 산물이든 그것을 통해 오는 깨달음, 아름다움, 선함의 경험을 소중히 여긴다. 그런 까닭에 '좋은' 사람을 만나는 것과 '고전의 수준에 오른' 예술을 감상하는 것을 즐긴다. 자신이 지닌 재능, 시간, 돈의 일정 부분을 기꺼이 사회적 헌금으로 낸다.

그가 생각하는, 자신이 친구로 삼고 싶은 '좋은' 사람은 두 가지 조건으로 성립된다. 진실하고 아름다우며 선한 영혼. 그리고 자신과 소통하는 데 큰 어려움이 없을 정도의 대화

가능성. 따라서 직업이나 학력, 나이와 젠더, 종교나 인종 등은 그에게 사소한 이슈다. '고전의 수준'은 탁월성을 가리킨다. 대중문화나 예술에서는 그러한 특질을 찾기 어렵다는 정도만 지적하고, 여기서는 지면의 한계로 더는 언급을 피한다.

그가 옳다고 여기는 출사^{黜仕}는 조선 시대 선비와 흡사하다. 자신을 써달라고 청(응모)하는 것은 그의 인생에 도무지 있을 수 없다. 그리하여 사회적 자리를 얻게 되면 그 직무를 오직 자신의 자유정신에 따라 행사할 수 없기 때문이다. 삼고초려처럼 세 번의 청이 있어야 출사할 수 있는 자리로 받아들일 텐데 그런 일은 우리가 사는 지금 여기 세상에서는 결코 일어날 수 없는 일이어서 그는 사회적 자리 없이 사는 지식인들이나 예술가들을 결코 궁하게 여기지 않는다. 도리어 사회적 자리는 얼추 다 그 반대의 방식으로 채워지는 까닭에 대통령이든 어느 단체의 장이든 그 자리에 앉은 사람들을 존경하지 않는다. 존경하기는커녕 안쓰럽게 본다.

세상이 주는 상들도 마찬가지다. 거의 모두 무가치하고 부질없다. 상을 받으려고 '응모하는' 것은 프로페셔널로서는 적잖이 부끄러운 일인데도 이른바 프로라 불리는 사람들이 그 부끄러움을 모른다. 게다가 수상을 결정하는 심사위원들 또한 거의 응모를 통해서나 권력을 쥔 자와 모종의 연

緣으로 엮여 심사의 자리를 얻은 사람들이어서 윤리적으로 (도덕적으로) 이미 결격자들이다. 심지어 심사할 수준에 이르지 않은 사람들이 부지기수다. 부지기수를 넘어 거의 전부라고 말할 수 있다. 세상의 거의 모든 상은 수상자의 상품가치를 올리는 액세서리로 전락한 지 오래다.

그는 인간이란 지구에 잠시 머물다 떠날 손님으로 생각한다. 손님은 자신에게 공로 없이 주어진 사물들을 소중하고 가꾸며 알뜰하고 고맙게 쓰는 도리를 지켜야 한다. 따라서 그는 되도록 적게 먹고 적게 움직이며 적게 소비하려 애쓴다. 그리하는 것이 인간에게도 지구 환경에도 좋은 일이라 믿기 때문이다. 평생 자신의 조그만 동네 안에서 산 위대한 철학자 칸트처럼 그는 신기하고 낯선 곳을 찾아 애써 멀리 돌아다니지 않는다. 대부분의 시간을 칩거한다. 물건도 극히 필요하지 않으면 사지 않는다. 자신이 살아가기 위해 소유한 사물들을 볼 때마다 놀라움을 금치 못하며 사는 곳을 옮길 때마다 크게 줄이려 애쓴다.

그는 건강뿐 아니라 생산적 삶을 위해 규칙적 일상을 산다. 기초 체력이라 부를 수 있는 '일상의 삶'이 튼실해야, 간혹 삶에 찾아드는 우발적 사건, 비일상적 시간, 특별한 이벤트를 마음껏 즐길 뿐 아니라 그리하는 데 요구되는 과잉 에너지를 탈 없이 흡수할 수 있기 때문이다. 예컨대 그는 비가 억수같이 쏟아지는 날이면 모든 것을 중단한 채 졸지에 찾아온 특별한 일기를 만끽한다. 그리고 그는 사람(들)과 만나는 일을 축복으로 여기는 까닭에 벗(이라 여기는 사람)이 부르면 언제든 응한다. 친구가 모처럼 맞는 삶의 특별한 순간처럼 특별한 계절의 변화도 자신이 향유할 대상으로 삼아 삶의 에너지와 시간을 아낌없이 쓴다.

그렇게 자신 삶의 계획을 벗어난, 뜬금없이 찾아드는 이례적 사건들을 환영하고, 마음 놓고 즐기기 위해 그는 일상의 규칙을 건강하게 준수한다. 기상, 식사, 작업, 취침은 거의 비슷한 시간대에 실행한다. 주어진 시간을 건강하고 더 충실하게 쓰기 위해, 예컨대 저녁은 4시에 준비해 5시쯤, 늦어도 6시 전에 끝낸다. 다음 날 아침 식사까지 물이나 차만 마시며 작업한다. 야식은 습관이다. (이렇게 오랜 시간 위를 비워두는 섭생 방식을 간헐적 단식이라 부르는데 그는 그것에 근사한 식사를 일상적으로 실행하는 셈이다.) 음식은 먹는 시간도 중요하지만, 내용도 중요하다. 그는 술도 담배도 하지 않는다. 아침은 베리(고지베리, 아사이베리)를 포함한 수퍼 푸드들, 유기농 우유, 선식, 과일을 먹는다. 점심은 종이 필터를 써서 손으로 내린 케멕스 커피와 함께 고구마 샐러드를 먹는다. 식품 재료는 되도록 무농약의 것들을 쓰지만, 고구마와 같은 뿌리식물은 반드시 유기농만 먹는다. 우유도 어떤 친구가 먹으면 독이라고 해서 꼭 유기농만 마신다. 저녁 한 끼는 한국 음식으로 찌개나 탕을 끓여 두세 개 반찬과 함께 현미잡곡밥을 먹는다. (초)미세먼지 상태가 좋은 날은 즐겁게 산책한다. 그렇게 건강한 음식, 소식, 규칙적 운동 등 오랜 습관이 일상화된 덕에 스무 살 이후 체형과 몸무게가 거의 변하지 않고 일정하다.

우리가 건강하거나 병을 얻는 것은 우리가 지닌 소인(유전자), 곧 바탕, 그리고 살아가면서 우리 자신이 형성한 일상의 습관이 결합된 결과가 아닐까 싶다. 예컨대 암의 소인이 있어도 그것이 병으로 발현되지 않도록 일상을 잘 챙겨 살면 큰 문제 없이 그럭저럭 건강하게 살 수 있겠지만, 아무리 건강하게 태어나더라도 몸 건강을 제대로 챙기지 않은 채, 챙기기는커녕 혹사한 채 살면 술에 장사 없다 하듯 결코 건강할 리 없기 때문이다. 머리(지성)나 가슴(감성), 그리고 체격이나 체력이나 여러 장기 등, 몸은 태어날 때부터 부모에게서 얻어 살게 되는, 그래서 우리가 어찌할 수 있는 것이 아니지만, 살아가는 방식은 우리의 정신으로 건강한 습관으로 만들어 살아갈 수 있다. 마음 건강 또한 그렇다. 그러니 이렇게 살든 저렇게 살든 부모나 환경 등 남을 탓할 일이 아니다. 우리 자신의 탓으로 돌려야 할 일이다. 그것이 자신의 삶을 자신이 책임지는 성숙한 인간이 취해야 할 태도다. 우리 모두 몸과 마음이 건강하기를. 오래오래. 그리하여 죽을 시간, 만족스럽게 살았다고 회상하며 미련 없이, 주저 없이,

가볍게 떠날 수 있기를. 우리 모두 부디 그럴 수 있기를. 잠시 간원하며 두 손 모은다.

숨 멎은 공간

○ 에필로그

우리는 공간 속에 산다. 공간은 우리 운명이요, 한계다. 혹자는 공간이란 마치 우리가 젖는 줄 모른 채 젖는 이슬비처럼 우리를 우리도 모르게 이렇게 살도록 내모는 하나의 강력한 기운이요, 정령精靈이라 생각한다. 그러면서도 우리는 공간이 무엇인지 잘 모른다. 제대로 느껴보려 하지도 않고, 생각해보려 하지도 않는다.

우리가 무심한 것이 어디 그뿐이겠는가? 귀가 따갑도록 듣지만, 우리는 우리가 누군지 (잘 혹은 도무지) 모른다. 우리에게 들어 있다고 생각하는 우리의 생각도 그렇다. 글이든 그림이든 소리든 어떤 것으로 표현하고서야 비로소 그것이 내가 생각하고 느꼈던 것임을 새삼 깨닫는다. 그리고 그로써 다른 생각과 느낌과 상상의 길을 낸다. 그런 의미에서 나를 매혹하게 한 공간들을 더듬어가며 그것들에 대해 말하고 쓰는 일은 결국 나를 발견하는 것이기도 하다.

너는 어떤 공간에 매혹됐는가?

너는 어떤 공간을 사랑하는가?

매혹과 사랑은 조금 다르다. 매혹은 사랑처럼 우리를 대책 없이 빠져들게 하는 것, 그리하여 그것과 우리 간의 거리를 없애는 것, 따라서 오직 사후적으로만 그것이 무엇이었던지 비스듬하게 그려낼 수 있는 것이라면, 사랑은 나는 나로서, 너는 너로서, 그러면서 나와 네가 함께 존재하는 파토스다. 매혹과 달리 현장 밖에서도 느끼고 인식한다. 거리를 둔 채 거리를 무시로 뛰어넘는 파토스다. 그러므로 사랑의 경험이 유별난 점은, 나와 너를 느끼고 생각하는 나라는 존재가 내게서 출발해 네게로 갔다가 다시 내게 돌아온다는 것이다.

나는 이 책에서 공간의 매혹과 사랑을 쓰면서 그 둘을 구별하려 애쓰지 않았다. 부러 그리했다. 그리하는 것이 살아 있는 상태를 그려내는 데 더 낫다고 여겨서다. 그리고 그리하는 내내 나를 매혹하게 하고 나를 사랑하도록 한 공간을 지어낼 상상에 머물렀다.

너는 어떤 공간에 머물길 원하는가?
너는 어떤 공간을 지어내고 싶은가?

나는 여기서 나를 매혹하게 하고 내가 사랑하는 공간을 말했다. 그러니 이제 당신이 꿈꾸는 공간을 들어보고 싶다. 우리는 우리의 꿈을 나눌 이야기가 필요하다. 당신은 어떤 공간을 꿈꾸는가? 우리가 함께 꿈꿀 공간은 무엇인가?

숨 멎은 공간

산다 | 건축 비평가
숨 멎은 공간

초판 1쇄 발행 2020년 8월 10일

지은이   이종건

편집   김유정
디자인   문유진

펴낸이   김유정
펴낸곳   yeondoo
등록   2017년 5월 22일 제300-2017-69호
주소   서울시 종로구 부암동 208-13
팩스   02-6338-7580
메일   11lily@daum.net

ISBN   979-11-970201-1-7 03810

이 도서의 국립중앙도서관 출판예정도서목록(CIP)은 서지정보유통
지원시스템 홈페이지(http://seoji.nl.go.kr)와 국가자료공동목록시
스템(http://www.nl.go.kr/kolisnet)에서 이용하실 수 있습니다.
(CIP제어번호:CIP2020026723)